Sede do mal

Gore Vidal

Sede do mal
Contos de decadência e corrupção

Apresentação
Marcos Soares

Tradução
Marcos Santarrita

JOSE OLYMPIO
EDITORA

Título do original em inglês
A THIRSTY EVIL

© Gore Vidal, 1956

Reservam-se os direitos desta edição à
EDITORA JOSÉ OLYMPIO LTDA.
Rua Argentina, 171 – 1º andar – São Cristóvão
20921-380 – Rio de Janeiro, RJ – República Federativa do Brasil
Tel.: (21) 2585-2060 Fax: (21) 2585-2086
Printed in Brazil / Impresso no Brasil

Atendemos pelo Reembolso Postal

ISBN 978-85-03-00911-9

Capa: ISABELLA PERROTTA / HYBRIS DESIGN

Texto revisado segundo o novo Acordo Ortográfico da Língua Portuguesa.

CIP-BRASIL. CATALOGAÇÃO-NA-FONTE
SINDICATO NACIONAL DOS EDITORES DE LIVROS, RJ

V692s

Vidal, Gore, 1925-
  Sede do mal / Gore Vidal; apresentação Marcos Soares; tradução Marcos Santarrita. – Rio de Janeiro: José Olympio, 2009.
   (Sabor Literário)

   Tradução de: A Thirsty Evil: Needle-sharp Tales of Decadence and Corruption
   ISBN 978-85-03-00911-9

   1. Ficção americana. I. Soares, Marcos. II. Santarrita, Marcos, 1941-. III. Título. IV. Série.

09-2157

CDD: 813
CDU: 821.111(73)-3

Para
Howard Austen

SUMÁRIO

Apresentação   9

Três estratagemas   21

O tordo   45

Um momento de louro verde   53

O troféu Zenner   65

Erlinda e o sr. Coffin   87

Páginas de um diário abandonado   107

As damas na biblioteca   133

APRESENTAÇÃO

Para quem acompanha com algum interesse as discussões sobre a vida cultural norte-americana, o nome de Gore Vidal está, de maneira indissolúvel, associado a uma incrível sequência de controvérsias. Recentemente ele apareceu na imprensa escrita e na televisão, falando com eloquência e ferocidade contra o que chamou de "agenda expansionista" do governo Bush, seu impacto sobre os acontecimentos do 11 de setembro e, tocando em questão ainda mais delicada na conjuntura contemporânea, sobre a crescente e perturbadora semelhança entre republicanos e democratas na dança do poder encenada em Washington. O radicalismo de algumas opiniões, principalmente em contraste com a sonolência daquilo que nos Estados Unidos se conhece como "frente liberal", tem lhe angariado inimigos dentro de um amplo espectro ideológico, num país cuja guinada conservadora tem preocupado gente no mundo inteiro.

Mas o pendor para a controvérsia é antigo e, na verdade, remonta ao período do pós-guerra, quando o jovem escritor fez sua estreia literária com um romance explicitamente antibélico: *Williwaw*, publicado em 1947, inaugura uma tradição de romances americanos (de escritores importantes como Norman Mailer e J. D. Salinger) que, abandonando as certezas políticas que haviam caracterizado a década anterior, se voltam para a experiência da guerra, tanto do ponto de vista de seus horrores militares quanto das cicatrizes pessoais de quem viveu o período. Vidal estava especialmente preparado para a tarefa: havia nascido na Academia Militar de West Point em 1925, filho de pai militar e futuro político, e acompanhou de perto as discussões, em casa, na família, sobre a história americana contemporânea e as vicissitudes militares que forneceram sua base. Para um intelectual apaixonado pelo debate, o assunto não poderia ter mais sabor: desmascarar não apenas o heroísmo que, invariavelmente, emanava das narrativas oficiais sobre as "vantagens e glórias" associadas ao esforço de guerra, mas também desmentir os mitos de harmonia que supostamente caracterizavam os pacatos e suburbanos Estados Unidos do fim da década de 1940 e começo dos "anos dourados" da década de 1950.

O gosto pela provocação e pelo debate persistiria pelo resto de sua carreira: em 1948 Gore Vidal, ao publicar o romance *The City and the Pillar*, causou escândalo entre a crítica conservadora ao retratar de forma aberta uma relação homossexual (tema que iria explorar em diversas de suas obras posteriores, inclusive em vários contos desta coletânea. A partir desse ponto, o olhar do escritor se diversificaria em diversas frentes: escreveu peças teatrais, roteiros cinematográficos, contos, romances e, em especial, ensaios, gênero pelo qual é mais conhecido até hoje.

Os assuntos da sua vastíssima coleção de ensaios vão de teoria literária a questões ligadas à sexualidade, mas, sem dúvida, é no pensamento político que podemos encontrar uma produção mais original, às vezes desconcertante, de seu espírito independente e ilustrado. O alvo de cada ensaio pode variar — ora se visa desmascarar o discurso imperialista da direita, como em *Decline and Fall of the American Empire* (1992) e *Imperial America* (2004), ora se busca relembrar a tradição de democracia que está na base da fundação e do projeto inicial da nação norte-americana, como em *Inventing a Nation: Washington, Adams, Jefferson* (2003) —, mas a tônica antidogmática é consistente, madura e bem informada.

Entretanto, é na ficção que uma das mais vigorosas inovações associadas ao nome de Gore Vidal pode ser encontrada. O projeto floresce nos rebeldes anos 1960 e tem suas origens históricas na eleição de John F. Kennedy, logo do início da década. Em sua produção ensaística,

Vidal se voltará para uma discussão sobre o poder político e a vida intelectual, com base na reflexão sobre suas próprias atividades de militância. Ele próprio alimentará ambições de se candidatar à vida política, inicialmente como senador, mas com vistas à presidência (suas tentativas nesse âmbito, no entanto, foram fracassadas: as candidaturas em 1960 e 1982 reuniram um número considerável de votos, mas insuficientes para a vitória).

Já no campo literário, ele dá início ao projeto de composição de uma longa série de romances históricos. O primeiro, *Washington D. C.*, publicado em 1967, é seguido por *Burr* (1974), *1876* (1976), *Lincoln* (1984), Império (1987) e *Hollywood* (1990). A intenção explícita é a de escrever um amplo painel sobre a marcha dos presidentes norte-americanos e, ao mesmo tempo, forjar um estilo literário que misture pesquisa e comentário histórico, crônica jornalística e ficção. Ao mesclar personagens históricos e fictícios, Gore Vidal cria uma "visão de dentro" de acontecimentos da vida política, enquanto procura desvendar suas reais bases. Aqui a história não se resume aos grandes eventos da vida pública, mas correlata os fatos nacionais aos sentimentos, às relações pessoais e aos acontecimentos do dia-a-dia. A qualidade da pesquisa histórica é impressionante, revelando um olhar preciso na escolha dos fatores significativos e no desvendamento das inter-relações, muitas vezes ocultas na historiografia tradicional. Por outro lado, a veia paródica irônica, a habilidade no desenho de personagens e situações e o talento para escrever diálogos, dentre outras qualidades do estilo e da composição, garantem que a prosa nunca se torne rígida ou artificial. No volume mais recente da série, *Hollywood*, o brilho do romance reside na aliança entre um vigor literário e um rigor histórico. Vidal, nesse caso, em vez de sucumbir ao canto da sereia dos mitos relacionados à grande "fábrica de sonhos" americana, vai mais fundo e revela sua origem nos conluios mais sinistros entre os protagonistas políticos da nação e os magnatas da indústria cultural mais poderosa do planeta.

Tal abordagem contribuiu para a criação de uma forte tradição de arte política americana, expressiva ainda hoje, tanto na literatura quanto no cinema. O romancista E. L. Doctorow, relativamente conhecido no Brasil, talvez seja o seguidor mais criativo dessa tendência, ao misturar fatos históricos e ficção em trabalhos como *Ragtime* (1975) e *Billy Bathgate* (1989). Já a relação entre Gore Vidal e o cinema é antiga e produtiva: ele foi responsável pelo roteiro de clássicos como *De repente, no último verão* (Joseph Mankiewicz, 1959), baseado na peça de Tennessee Williams (há claros ecos do enredo da peça em mais de um conto deste volume), mas sua obra-prima nessa área permanece o roteiro de *Paris está em chamas?* (René Clément, 1966), filme franco-americano sobre o papel da resistência francesa na expulsão dos nazistas e na liberação de Paris no final da guerra. Aqui dois pilares centrais da obra de Gore Vidal são claramente visíveis: a ênfase no papel desempenhado pelo povo parisiense no desenrolar dos fatos (De Gaulle e as tropas norte-americanas mal aparecem), assim como a mescla entre imagens documentais de arquivo e sequências encenadas em estúdio. A lição foi aprendida pelo ator e diretor Tim Robbins, que no extraordinário filme *Bob Roberts* (1992), convidou Gore Vidal para participar de seu "documentário ficcional" fazendo o papel do senador Paiste, um político "da antiga" ultrapassado pela fulgurante carreira do personagem do título, Bob Roberts, cantor *country*, candidato (vitorioso) ao senado e fascista de carteirinha.

Entretanto, é hora de assinalar que, para o leitor que chega à obra de Gore Vidal pela primeira vez por meio das histórias aqui reunidas, pode parecer estranha a ênfase dada nesta introdução ao papel da história e da política na obra do escritor. Em *Sede do mal*, a única coletânea de contos do escritor, publicada em 1956, os conteúdos parecem remeter muito mais a aspectos da intimidade das personagens. Por outro lado, a fortuna crítica do livro revela um cenário desolador: até hoje, grande parte dos comentaristas se restringe a relacioná-los à vida pessoal do escritor, detectando supostos traços autobiográficos nas personagens e situações, encorajados tanto pela presença clara do tema do homossexualismo em diversos deles quanto por declarações do próprio Gore Vidal sobre sua vida pessoal (os contos são dedicados a Howard Austen, seu parceiro a partir de 1950).

Mas o poder de fogo dos contos vai muito mais longe, em sua visão de microscópio, de olho nos pormenores. A abordagem técnica dos contos se aproxima mais daquela inaugurada em língua inglesa pela escritora Katherine Mansfield, que, inspirada pelo contista e dramaturgo russo Tchekov, dilui a ênfase nos grandes acontecimentos para enfocar a vida de gente simples, seus detalhes aparentemente insignificantes, seus eventos cotidianos e banais, cujos significados profundos só se revelam através do olhar delicado, mas incisivo, do escritor. Em *Sede do mal* o leitor é lançado num mundo onde a possibilidade de ação transformadora parece distante. O "mal" do título não tem alcance heroico ou demoníaco. As personagens já não são indivíduos livres, donos de seus destinos. Tudo se deteriora, e a vida em carne e osso parece só existir na memória, real ou ilusória, de um momento anterior, inacessível às personagens, que só podem resgatar algum tipo de humanidade no ato individual da rememoração.

O famoso Gore Vidal da narrativa histórica reaparece inesperadamente, entretanto, quando nos damos conta de que os recursos casam bem com a visão pouco lisonjeira que o escritor tem da vida norte-americana a partir do pós-guerra. O emprego da narrativa em primeira pessoa, ou de um narrador que se cola à perspectiva de personagens isoladas, que não têm acesso à visão das outras, faz a radiografia de uma vida social que se afunda na total impossibilidade de comunicação. Cada cena pode ser um ato de uma comédia sinistra, cada gesto pode se revelar como mentira, cada explicação se esvazia em enganos e contradições. Será que as visões da infância (em "O tordo" e "Um momento de louro verde"), da vida escolar na adolescência (em "O troféu Zenner"), da juventude que antecede a velhice (em "Três estratagemas" e "Páginas de um diário roubado"), do sucesso profissional (em "As damas na biblioteca"), ou mesmo do glorioso e galante sul-americano no período anterior à crise de 1929 (em "Erlinda e o sr. Coffin") apresentam a inocência perdida? Ou já anunciam a catástrofe que está por vir? Será que a homossexualidade, tema ou subtexto mais ou menos explícito de quatro contos, pode ser vivida como libertação de uma existência totalmente "administrada", ou está fadada a fazer vítimas que sucumbem a um ideário que não é o seu, mas que acaba por determinar o andamento real de suas vidas? Cada personagem parece estar congelada num eterno presente, entre um passado que gradativamente se apaga na memória e um futuro sem saídas ou opções aparentes.

Os contos produzem mais perguntas que respostas e pressupõem um leitor disposto a compor uma visão além daquela das personagens tomadas isoladamente — que, em todos os casos, estão impossibilitadas de dar sentido aos eventos que as cercam. Como se vê, enquanto mapa da vida norte-americana, os contos permanecem atuais.

Marcos Soares,
professor de literaturas inglesa
e norte-americana
da Universidade de São Paulo

Sede do mal

TRÊS ESTRATAGEMAS

I

Cheguei a Key West há poucos dias, com dinheiro suficiente para uma semana. Raramente preciso de mais de uma semana, embora desta vez eu tenha ido mais devagar, com maior atenção aos detalhes, ignorando os jovens, concentrando-me nos velhos, os de cara enrugada e dentes tortos. Observando esses homens, conversando com eles, acho difícil acreditar que em outros tempos eles fizeram fortunas, criaram famílias e muitas vezes praticaram boas ações, pois conosco não têm vergonha nem virtudes. Naturalmente, ocorreu-me que podem ser sábios e não se importar, mas também há a possibilidade de que gostem de sua própria degradação; se isso é verdade, tenho pena deles, e o jogo é mais sinistro do que a princípio se supõe.

A praia em Key West começa no extremo sul da rua principal e continua por uns 100 metros mais ou menos, ladeada por palmeiras e casas de praia, e terminando, finalmente, num prédio de cimento cor-de-rosa, um restaurante com um terraço ao ar livre. Na praia, perto desse terraço, conheci o sr. Royal no meu primeiro dia.

O céu estava de um azul espantoso, sem nuvens, e um quente vento sul sacudia as frondes das palmeiras. O dia era luminoso, e por um momento fiquei triste e quis me esconder do sol, da imagem branca emoldurada do mar — associações da infância, daquela feliz estação de fortes de areia, algas marinhas e conchas cor-de-rosa. Todos os verões de minha infância foram passados numa praia idêntica com a família; uma família que já se desfez. Alguns mortos, outros casados, e outros, eu entre eles, exilados nas cidades estrangeiras...

— Vejo que não está há muito tempo aqui.

A voz era agradável, mas com uma sugestão, oh, apenas a mais leve sugestão, de algo além. Fiquei imediatamente alerta. Disse-lhe que acabara de chegar, e ele se apresentou. Era George Royal, e insistiu com muita pressa em que eu o chamasse de George; até agora não o fiz. Disse-lhe que me chamava Michael.

— Eu soube logo que você não está aqui há muito tempo — continuou.

E falamos da brancura de minha pele, até que por fim ele me perguntou se eu algum dia fora atleta (a tradicional pergunta ao mesmo tempo melancólica e perversa), e claro que eu disse que sim. Contei-lhe que jogava futebol americano em Princeton, o que não era verdade (estudei em Princeton durante um ano, mas não joguei nada). Porém, a mentira o impressionou.

— Vamos tomar um drinque — ele disse.

Atravessamos juntos a praia quente e branca, passando por entre guarda-sóis, toalhas emboladas, frascos de loção e latas vazias de cerveja, tudo mais uma vez reminiscente de minha infância. Reminiscente e, no entanto, de certa forma, diferente: as pessoas mudaram; tornaram-se hostis ou, na melhor das hipóteses, perigosamente impessoais. Compreendo, certamente, que talvez *eu* esteja tão mudado que não as veja agora como realmente são, como sempre foram... embora, claro, sempre seja possível que o que primeiro vi como criança fosse a realidade, e o que vejo agora seja uma distorção pessoal, mas de uma forma ou de outra vejo o que vejo: hostilidade e perigo. Sei que minha atitude é extrema, que existem pessoas inócuas no mundo e, o que é mais importante, muitos tolos, e a *esta* feliz abundância, pelo menos, eu sou grato.

Os tolos eram os donos da praia nesse dia. Sentavam-se atentos sob os guarda-sóis, admirando os anjos frios e radiantes que podiam, eles acreditavam, exorcizar as desgraciosas sombras dos anos e, com carne firme, recriar a juventude e o senso de permanência, ou sua ilusão. A essa altura, creio que conheço o coração dos tolos quase tão bem quanto o meu próprio, e às vezes me assusto quando observo a triste corte deles aos anjos traiçoeiros, pois vejo neles minha própria queda um dia, de anjo amado a monstro iludido. Também eu serei velho. Tive um calafrio ao passar por cima das arruinadas torres de um castelo de areia; sim, a praia mudara; penso se mudará de novo um dia.

Em um estado de espírito de estranha irrealidade, segui a larga figura queimada de sol do sr. Royal até o terraço de cimento onde às mesas, sob guarda-sóis, homens e mulheres em trajes de banho se sentavam à luz forte e bebiam rum. No bar, uma vitrola automática tocava alto e, tenho certeza, ninguém ouvia o que eu ouvia por trás da música; o suave barulho da maré vazante.

Aquelas pessoas eram ricas, a maioria de meia-idade, e achei que os homens e mulheres, com exceção de uma óbvia diferença, pareciam exatamente iguais; quadris largos, peitos caídos, braços e pernas finos, veias azuis, e fracos. Mas as mulheres usavam pintura e andavam com alguma segurança. Riam, bebiam muito, contavam piadas sujas, jogavam, e no todo enfrentavam com galhardia os dias de sol. Os homens, não. Eram mais calados, mais vigilantes; esperavam.

O sr. Royal olhava-me com um ar de expectativa. Havíamos parado de andar e ele me fizera uma pergunta que eu não ouvira. Como estávamos de pé atrás de uma mesa vazia, tentei adivinhar, balancei a cabeça e sorri, e, tendo adivinhado corretamente, sentamo-nos. Ele pediu rum para nós dois.

— Eu venho aqui todos os anos — disse o sr. Royal, esfregando as pequenas mãos morenas; um diamante amarelo reluziu, uma chuva de fortes faíscas, de sol despedaçado.

Desviei os olhos. Ele cruzou as mãos e continuou a conversar, olhando para um grupo de marinheiros atrás de mim, que acabara de chegar à praia e tirava as roupas com gritos e risinhos, como meninas de colégio numa excursão. Não gosto muito de marinheiros, não por serem, num certo sentido, concorrentes, mas porque sua falta de orientação, de plano elaborado, e sua fundamental irresponsabilidade tendem a torná-los companheiros de diversão insatisfatórios e, se levados a sério, são muitas vezes realmente perigosos. Em outras palavras, gastam sua beleza e suas vantagens.

Muitas vezes pensei meio a sério que, quando estiver velho e *hors de combat*, gostaria de abrir uma escola para jovens, onde lhes ensinaria a aproveitar ao máximo certas situações que, por inexperiência e vaidade, eles administram mal. Em geral são demasiado truculentos, inflexíveis. Mas também suponho que se um deles tivesse juízo suficiente para vir tomar lições comigo seria também suficientemente esperto para cuidar de sua vida sem conselhos.

— O negócio principal fica em Newton, mas tenho mais uma loja em Belmont — disse o sr. Royal, seus olhos me colocando de novo em foco enquanto argumentava.

— Parece muito interessante — eu disse.

A princípio, não se deve falar demais, pois a conversa revela muito sobre uma pessoa e, a não ser que se seja simples, pouco habilidoso e se pareça ser menino demais, o melhor é não falar nada, manter-se em silêncio e sorrir, enigmático, esperando pelo momento ideal de assumir o personagem do sonho do outro. É preciso muita experiência e intuição para fazer isto, pois, para obter sucesso, deve-se possuir um poder divinatório nato, uma habilidade de identificar o outro corretamente sem comprometimento; não é uma tarefa fácil.

Enquanto o sr. Royal falava, eu olhava o mar às suas costas; observava as solenes variações das gaivotas sobre o azul profundo, e ao fazer isso me lembrava que não vira pássaros naquela ilha, e imaginava por que não havia nenhum. Teriam sido todos varridos por um furacão? Ou jamais houvera pássaros ali? Eu observava as gaivotas e escutava com atenção, à espera de algum sinal, algum portento. Fora tapeado várias vezes na última hora, sofrendo um singular martírio que, ao contrário dos clássicos, persiste sem esperança de alívio, e em mais de uma ocasião destroçou meus planos. Tinha a sensação, porém, de que daquela vez tudo daria certo; ia devagar e estava seguro do sr. Royal, se não de mim mesmo, pois sofro de uma doença de visionários, sem a visão compensadora, o que é triste dizer.

— Eu tinha um bangalô aqui quando a sra. Royal era viva, mas o vendi depois que ela faleceu, e agora apenas alugo alguns quartos na Casa Rosada. Você conhece, não conhece? Um ótimo lugar. Gosto do gerente, um velho amigo meu.

Três pontos: a sra. Royal, sua morte, os quartos na Casa Rosada... não, quatro pontos: o amigo gerente. O quarto ponto dava significado aos outros três.

Olhei para o sr. Royal. Notei que tinha os olhos escuros e com traços orientais, com íris negras e brilhantes no meio de escleróticas branco-amareladas, e, em torno das íris, pálidos círculos como anéis de fumaça indicavam sua idade.

— Andei por lá hoje de manhã, a caminho da praia — eu disse.

— Mas não entrou?

— Não. Como disse, só cheguei aqui hoje.

— Certo. Acabou de chegar.

— Ainda não dei uma olhada por aí.

Tomei um gole do rum. O sol estava quente e não ventava, eu me sentia desconfortável e desejava estar em meu quarto ou nadando na água verde. O sr. Royal me perguntou onde estava hospedado. Balançou a cabeça quando falei.

— Ótimo — disse, sugerindo saber algumas coisinhas sobre o local. — Mas, na verdade, você deve ficar na Casa Rosada; é o único lugar pra se ficar nesta cidade, o único lugar.

Eu gesticulei e sorri, demonstrando sem palavras que não podia pagar um hotel caro, e, mesmo que pudesse, pouca diferença faria para mim, tão bem-nascido. Ele mostrou o maior tato; deu um sorriso tímido, exibindo um conjunto de dentes brancos com gengivas bem definidas, róseas e translúcidas; um cisco de tabaco num incisivo dava certa autenticidade à esperta (mas meio formal) polidez.

Antes que pudéssemos continuar a conversa de forma mais franca, um homem de longos cabelos prateados aproximou-se da nossa mesa.

— Olá, George — disse.

Tinha o corpo magro; por baixo da pele bronzeada, a caixa torácica aparecia, como um Cristo emaciado esculpido com mórbidos detalhes em uma floresta bávara, enquanto por baixo da pele do peito, esticada como o couro de um tambor sobre os ossos, eu via os movimentos regulares do coração.

— Sente-se, sente-se — disse o sr. Royal. — Não vi você hoje. Como passou ontem à noite? Apresento-lhe meu amigo. É um rapaz de Princeton, recém-saído da faculdade. Jogador de futebol americano, também.

E assim fui apresentado a Joe.

— Passei muito bem — disse Joe, olhando-me com curiosidade. — Hoje estou cansado.

Tinha o rosto tão bronzeado que eu não sabia se era jovem ou não, doente ou sadio.

— O Joe aqui é pintor — disse o sr. Royal, juntando-nos com a autoridade de um titereiro.

— Estou cansado — repetiu Joe, piscando os olhos para a luz. Notei que seus lábios tremiam. — Posso tomar um drinque?

Trouxeram mais rum. Eu começara a suar e a me sentir melhor. Não tomara o café da manhã e o rum começava a ter um efeito conhecido, agradável.

— Eu queria pintar esta manhã — disse Joe.

— Por que não pinta? — perguntou o sr. Royal, olhando a praia, a atenção a vagar; dois garotos lutavam perto. Ele piscou várias vezes e depois, antes que Joe pudesse responder, levantou-se vagamente e disse: — Eu volto já, vou dar um telefonema.

— Há quanto tempo você o conhece? — perguntou Joe, observando o vago progresso do sr. Royal pelo meio do terraço.

— Acabo de chegar. Conheci-o hoje.

Brancas sobre a pele morena, as sobrancelhas dele se arquearam.

— Bom trabalho — ele disse, sorrindo.

O rosto reluzia de suor, e os lábios não mais tremiam.

— Que quer dizer?

— Que acha dele?

— Acabei de conhecê-lo. Para mim, parece legal... Uma loja é em Belmont e a outra em Newton.

— Então você sabe de tudo. Já conheceu Hilda? Não? Bem, ela é a outra. Vou pegar outro drinque. Volto já.

— É, eu sei.

Joe se fora apenas um instante quando o sr. Royal voltou.

— Sujeito simpático, Joe, eu gosto dele... mas também, gosto de todo mundo. Jamais vi um homem do qual não gostasse — disse o sr. Royal.

— É uma boa maneira de ser.

Acho que nos últimos anos aprendi cada observação neutra e não comprometedora que existe.

— Também acho. A vida é curta demais, você sabe, e depois, há um grupo bem legal mesmo aqui. Você vai conhecê-los todos... uma espécie de vida livre, claro, se entende o que quero dizer. Vale tudo... esse tipo de coisa. Espero que não se incomode... com esse tipo de coisa, quero dizer.

— Não me incomodo com nada — eu disse, desdobrando-me de repente como uma bandeira pirata e declarando com bravura minhas intenções naquelas ricas águas.

Ele ficou visivelmente satisfeito, pronto para ser abordado e posto a pique.

— Você é muito sábio! — exclamou com admiração.

— A vida é curta demais para não se gozar cada minuto dela. — Fez uma pausa. — A propósito, por que não aparece na Casa Rosada esta noite e janta comigo? Pode ser divertido e...

A voz tornou-se um borrão incoerente de aconchegante e ingênua camaradagem.

— Acho que posso — eu disse devagar.

Ergui os olhos e vi Joe aproximando-se.

— Ah — disse Joe, sentando-se. — Lutadores!

Todos olhamos os dois jovens marinheiros que lutavam na praia, os corpos brancos raiados de vermelho onde a areia os queimara.

— Gosta de lutar? — perguntou Joe, voltando-se para mim.

Eu disse que não e o sr. Royal, imune à malícia, repetiu que eu era jogador de futebol americano.

— Isso eu estou vendo — disse Joe, brincando com dois canudinhos. Ele ia dizer mais alguma coisa, quando perguntei ao sr. Royal por que não havia pássaros na ilha, a não ser alguns pelicanos e gaivotas no mar.

II

Sempre preferi a Casa Rosada aos outros hotéis na Flórida, ou em qualquer parte, aliás, simplesmente porque é o melhor hotel em Key West, e Key West continua sendo meu lugar favorito em todo o mundo. Fui pela primeira vez até lá no inverno antes de me casar. Até então, sempre ia para Daytona Beach, mas a conselho de um amigo desci, e devo dizer que valeu a pena. Felizmente, minha esposa também gostou, e lá passamos todos os invernos até a sua morte. Havia menos cubanos, para começar, e as palmeiras, na minha lembrança, eram mais retas, e não curvadas por furacões.

Pouco depois da Guerra, a sra. Royal morreu em nossa casa. Eu a vendi logo depois. Não me ocorre, assim de estalo, um melhor lugar para se morrer: um dia claro com vento sul e sol brilhando — o que poderia ser melhor? Mas claro que ela sentia dores, e isso sempre foi terrível. Deve ser uma sensação terrível, saber que não vai se recuperar, que a dor continuará piorando até que, finalmente, como caindo de uma grande altura, morre-se. Eu devo viver mais uns vinte anos, pelo menos, a não ser por acidentes: bata na madeira. De qualquer modo, se o medo se tornar insuportável, sempre posso me converter à Ciência Cristã ou alguma coisa assim. O pior de tudo, claro, é a compreensão de que jamais seremos jovens de novo, como Michael. Não me lembro mais de como era acordar pela manhã sem uma sensação de queimor abaixo do coração, sem juntas doloridas; embora o fato de haver arrancado todos os dentes ajudasse com a artrite. Tenho certeza de que ele os notou na praia hoje. Me olhou meio de perto uma vez, mas imagino que todos veem que são postiços. Creio que me acostumarei com eles no devido tempo.

Enquanto me vestia naquela primeira noite, imaginava se ele chegaria a tempo, ou mesmo se chegaria. Minhas mãos tremiam ao dar o nó na gravata, vermelha escura, muito discreta, não berrante de forma alguma, pois eu sabia, instintivamente, que ele era especial, não como o resto da clientela ali. Também tomei a decisão de não ser muito ávido. Com ele, seria discreto, mas corresponderia, movendo-me com gestos cuidadosos, como se estivesse lidando com um cachorro estranho, daqueles que não latem. Acho que todos temos um certo ideal, um fantasma com o qual sonhamos, mas jamais encontramos. Desde o início, Michael correspondeu a esse meu sonho interior.

Quando desci no elevador, às cinco e meia, meia hora antes (havia uma chance mínima de ele já haver chegado e ido para o bar), lembrei-me de que eu era, afinal, um homem do mundo, e que não havia motivo para ficar demasiado impressionado com esse rapaz. Mas fiquei, não pude evitar.

Sempre gostei do terraço da Casa Rosada. A vista do mar além das palmeiras é de primeira ao entardecer. Atrás de mim, as luzes do hotel eram acesas e garçons de jaquetas brancas andavam de um lado para outro no terraço de tijolos, servindo aos hóspedes que se sentavam em volta, bebendo tranquilamente. E lá estava ela acima das palmeiras como uma conta de prata: estrela, linda estrelinha, primeira estrela que vejo... oh, a mesma coisa, o mesmo desejo, sempre a mesma coisa.

— Posso servir-lhe algo, senhor?

— Sim, um martíni. Vou tomar aqui.

Sentei-me a uma mesa. Michael ainda não chegara; eu via o bar por uma porta-janela e não havia ninguém lá. Todos estavam do lado de fora, no ar fresco. Eu imaginava se ele não deixara talvez uma mensagem para mim na recepção, quando fui distraído pela chegada de Joe e Hilda.

— Oi, George, estou morta de cansaço. Importa-se se eu me sentar? Andei por toda a cidade com Joe, de bar em bar. Não podemos fazer coisas assim na nossa idade, podemos?

Ela tem 65 anos. Aos 35 ficou viúva e, aos 37, fez fortuna em Wall Street; até onde eu sabia, ainda tem cada centavo que algum dia faturou, pois raras vezes faz um cheque, a não ser, claro, quando está com alguém de sua "corte" de rapazes extremamente afeminados; eles são transitórios na maior parte, e tão semelhantes entre si que parecem intercambiáveis. Joe fora uma figura dessa "corte" algum tempo antes.

Enquanto Hilda falava do dia, eu faria os pedidos ao garçom. Faltavam 15 minutos. Concentrei-me nela. Usava cores fortes nessa noite, amarelo e verde, e o rosto moreno refulgia. Parecia um dos mais amargos profetas do Velho Testamento. Eu a conhecia havia vinte anos e, até a morte de minha esposa, éramos mais discretos um com o outro; depois disso, porém, abrimos o jogo, como dizem, e voaram plumas para todos os lados. Como eu desconfiava, ela sabia de tudo havia muito tempo, e eu, certamente, também sabia de suas atividades, pois, por uma coincidência não incomum mas lamentável, nossos interesses muitas vezes se sobrepunham, e éramos, e somos, mais rivais que amigos, mais inimigos que aliados. Ainda assim, sinto uma espécie de afeição por ela. Temos sobrevivido às mesmas guerras e conhecido os mesmos anos, e, quando olhamos um ao outro, só nós podemos ver a verdadeira face por trás das rugas, a firme linha da mandíbula por baixo da pele frouxa.

— E Joe o acha muito atraente. Como ele se chama? Quem? Faltavam cinco minutos para as seis.

— Michael. É de Princeton.

— Cuidado! Sempre há alguma coisa errada quando eles sacam essa de faculdade de negócios. Significa que estão atrás de caça graúda.

— E você acha que eu estou na temporada?

— Sim, e vejo você montado agora mesmo.

Eles rugiram de rir enquanto eu sorria, não me dando ao trabalho de defendê-lo. Por que deveria? Hilda sempre espera o pior de todo mundo, e embora raras vezes se decepcione, devo dizer que acho que está errada sobre *ele*: ele é diferente... se para o bem ou para o mal, porém, não consigo determinar, nem mesmo agora. Eu mesmo procuro o melhor em todo mundo, e na superfície ele é muito digno, aparentemente bem-educado e correu o mundo. Não tem dinheiro, o que é sempre uma felicidade para mim; não é pior ser amado pelo nosso dinheiro quanto por algo tão espúrio e impermanente como a beleza. Deve-se ser prático, e o que se deve ter em mente, como descobri, não é por que recebemos certa atenção, mas as próprias atenções. Claro que há vezes em que é uma coisa muito desesperada perceber que nossa única atração é a solvência, jamais sentir aquela tênue resposta, aquela identificação que, se tudo correr bem, se torna amor, ou assim dizem. Eu não saberia, embora por um ou dois minutos de cada vez, em minha juventude, soubesse como devia ser. Ah, Michael. Eram seis horas.

— Está esperando alguém, George? Não para de olhar para o relógio.

Assenti com a cabeça e Joe deu um sorrisinho desagradável; felizmente, não me pediram que explicasse, pois Hilda iniciara uma cantiga conhecida: "Andei a manhã toda pela praia entre as beldades", cantava em sua ressonante voz forte, mais adequada a denúncias que a papos ociosos.

— E descobri que as amava todas. Isso não é trágico? Sinto uma pontada quando me lembro que já passei dos 50 e não há mais tempo para todas elas! — Deu uma risadinha sinistra, Jeremias entre os cactos. — Mas eu me viro, não é, Joe? Faço o melhor que posso.

— Ora — disse Joe com um ar admirado e imaginando, como eu muitas vezes fizera antes, por que eles sempre são atraídos para esse tipo de mulher: uma mulher dessas os haveria tosquiado na juventude?

— Hoje eu vi alguém se vestindo na estrada, atrás de umas pedras. Joe e eu andávamos de bicicleta e paramos por um segundo na curva da estrada, pouco depois de onde ficam os barcos. Jamais vi beleza igual, jamais! Me deu vontade de chorar.

— Ou fazer outra coisa? — sugeri suavemente.

Hilda é sempre demasiado veemente, e suas histórias me deixam constrangido, porque são sempre iguais a essa, histórias de *voyeur*. Ela balançou a cabeça, porém; a deusa triunfante das tesouras — ou talvez uma foice fosse mais adequada, mais grega.

— Não, isso não — ela disse com voz cortante. — Eu não senti nada disso.

— *"There was a boy; ye Knew him well, ye cliffs/And islands of Winander!"**?

— Isso é um poema? — perguntou Hilda.

— É, é um poema — disse Joe. — Olhe, George, lá está o rapaz em pessoa.

— É como o rapaz do poema? — perguntou Hilda, estreitando os olhos quase míopes.

— Não, querida, o rapaz do poema morreu aos 12 anos. Venha, vamos. Nos vemos depois.

Eu assenti.

— Sim, claro.

Joe conduziu a relutante Hilda antes que Michael chegasse.

— Espero não estar atrasado.

— Não, chegou bem na hora. Gostaria de tomar alguma coisa?

Trouxeram-nos alguma coisa.

— Você está corado esta noite.

---

*[Havia um rapaz, vós o conheceis muito bem, rochedos/E ilhas de Winander!] "There was a boy", de William Wordsworth (1770-1850), poeta romântico inglês. (*N. da E.*)

— Me queimei um pouco; sol demais para o primeiro dia.

Falamos sobre a praia, o dia, a latitude, o tempo e a causa das tempestades. Notei de novo que ele parecia bem-educado. Usava paletó e calça de *tweed* e uma gravata escura; eu me senti feliz por não haver posto uma camisa de gola aberta — até então todas as minhas intuições estavam corretas — e, finalmente, quando lhe disse que o jantar seria servido em minha suíte, ele não ficou surpreso; observou que era agradável jantar discretamente.

Minha sala de estar é bastante grande, numa quina, com janelas altas e vista para os jardins do hotel e para o mar.

— É adorável numa noite de luar — eu disse, indicando os jardins escuros e o mar mais escuro ainda, vagos à luz das estrelas.

Então acendi as velas na mesa e apaguei a luz mais alta. Quando a gente envelhece, fica um pouco como uma mulher vaidosa: com uma mórbida consciência da iluminação, do choque das cores, das sombras e dos ângulos indesejáveis. Uma grande atriz certa vez me disse que a melhor luz para uma mulher velha era a direta, que não fazia sombras. Para beneficiar-se desse tipo de luz, porém, a estrutura óssea tem de ser muito boa; se não for, a luz em demasia é desastrosa. Receio que *eu* tenha de ficar com a luz das velas. E "estrutura óssea" sempre me faz lembrar uma caveira sorridente.

Durante o jantar discutimos, entre outras coisas, que o que os habitantes da Flórida chamam de lagostas não são lagostas de forma alguma.

— Eu me lembro que fiz uma viagem de barco pelo Maine, até um lugar chamado Camdem, onde comíamos sobretudo lagostas. Nós as cozinhávamos na praia, com algas marinhas e madeira trazida pelas ondas.

Ele falava livremente, desaparecida a primeira cautela. Falou-me de sua vida com certos detalhes. E, enquanto eu ouvia, sentia-me, como sempre, perplexo, pois meu primeiro impulso é acreditar em tudo o que me contam, e a primeira reação é não acreditar em nada; portanto, estou condenado para sempre a oscilar entre a crença e a desconfiança.

Seu pai era advogado em Washington. Seu pai falecera. Após diplomar-se em Princeton, quatro anos antes, Michael foi para a Europa e conseguiu um emprego na American Express. Largou-o e voltou para casa; agora não tem emprego. Quer viajar. Está noivo. Enquanto ouvia, eu tomava vinho e, após algum tempo, fiquei meio confuso e era obrigado, de vez em quando, a pedir-lhe que repetisse o que dissera, para esclarecer alguns pontos obscuros. Mas o tempo todo, enquanto ele me contava que pretendia casar-se, eu reconhecia a resposta e, encorajado pelo vinho, discuti seu amor com ele, pairando cada vez mais próximo daquela revelação que, com um tremor interno, eu raramente ousava antecipar.

— Ela só tem 19 anos, mas quando acabar a faculdade, no próximo ano, vamos nos casar. Naturalmente, há a questão do dinheiro, mas estou certo de que vai aparecer alguma coisa até lá; quer dizer, sempre aparece. O pai dela é um dos maiores promotores de Washington, por isso tenho toda certeza de que vai me arranjar alguma coisa. Acho que eu gostaria de entrar no serviço diplomático um dia.

— Estou certo de que você seria muito bom nisso.

Enquanto ele falava, notei que tinha o rosto escarlate e os olhos brilhantes à luz desigual das velas; depois, olhando-o de repente, compreendi que ali à minha frente se encontrava a figura amada materializada, não mais uma figura a rondar a noite ou uma expressão fugidia observada por um momento no rosto de um estranho; uma semelhança, que, ao ser examinada, desapareceria, como um dobrão de ouro encontrado numa praia num sonho e desaparecido ao despertar, a sensação de que ele permanecia impresso na palma da mão, como que para zombar do dia. Eu sabia, observando-o, que todos os outros haviam sido, na melhor das hipóteses, *fac símiles*: embora, claro, eu os aceitasse, pois sou realista, creio, e jamais esperei de fato encontrar meu fantasma, a não ser naquele período febril entre a vigília e o sono, quando visões evanescentes e maravilhosas me compensavam pelos dias de nada, com os dias de aproximação. Fascinado, eu o observava do outro lado da mesa.

III

Agora, desde aquela noite com Michael, aprendi muito sobre epilepsia. Parece que Júlio César e Maomé, entre outras celebridades, eram epilépticos, e até bem recentemente não se podia fazer muita coisa em relação a esse mal. Segundo uma enciclopédia médica que encontrei no escritório do gerente, tem alguma coisa a ver com uma sobrecarga de eletricidade nervosa no corpo, algo como um curto-circuito, suponho. Cada caso varia, claro, embora só existam dois tipos principais: o "grande mal" e o "pequeno mal". O "pequeno" é particularmente incômodo: a gente apaga por um ou dois segundos, e é isso aí. O "grande", porém, é mais sério e muito assustador de ver, como descobri.

A princípio, achei que ele tivera um derrame. Muitos dos meus contemporâneos estão morrendo de derrame atualmente, e sempre que alguém cai ou fica doente, meu impulso é chamar um médico que se disponha, se não for demasiado tarde, a injetar adrenalina. Mas depois compreendi que ele era jovem demais para ter um derrame, e por um insano momento pensei que estava fazendo uma encenação para mim. Fiquei de pé ao lado dele, impotente, imaginando o que fazer, mas logo, quando ele começou a sufocar, chamei o médico da casa; parecia que o rapaz estava morrendo asfixiado, o que, a propósito, bem podia haver acontecido, pois sabe-se que epilépticos podem enrolar a língua e morrer.

O médico, graças a Deus, era muito calmo e deu-me uma colher para prender a língua de Michael enquanto aplicava algum tipo de injeção. Num instante as convulsões pararam e ele ficou deitado quieto no chão, entre os pratos quebrados (a mesa virara na confusão). Após um ou dois minutos, o médico o colocou a seus pés.

— Vou pô-lo lá embaixo durante a noite — disse. — Espero que ele fique bom agora.

Ajudei o médico a levá-lo até o elevador. Michael já estava consciente, mas exausto demais para falar com coerência.

Assim, pelo menos por enquanto, o fantasma desapareceu, obscurecido e distorcido por aquela figura entre os pratos quebrados no chão. Não falei com ele desde então, embora o tenha visto mais cedo hoje na praia. Não nos falamos. Ele estava com um velho amigo meu, um sujeito chamado Jim Howard. Jim é um grande camarada, mais ou menos da minha idade, ou talvez um pouco mais velho. A certa altura foi muito rico, mas agora não tem um centavo. Eles parecem estar se dando muito bem, porém, e será interessante ver o que vai acontecer.

1950

O TORDO

Aos 9 anos, eu era muito mais durão do que hoje. Gostava de todo tipo de coisas desagradáveis: brigas de outras pessoas (eu era a primeira plateia), acidentes de automóveis, histórias de suicídios, e um determinado espetáculo de um parque de diversões perto de Washington onde, por um buraco numa alta paliçada de imitação, via-se um imenso elefante de gesso espetando com as presas um hindu de gesso. Porém, mais que tudo, eu gostava das revistas vendidas nas *drugstores*, com fotos de moças presas em gigantescas teias de aranha na capa e, dentro, quadrinhos das mais excitantes cenas de tortura. Eu passava horas sentado no chão de ladrilho de uma certa *drugstore* folheando cuidadosamente todas as revistas. Às vezes até lia as histórias. Gostava muito daquela coisa direta, da naturalidade do estilo. Havia muito enjoara das descoloridas antologias da quarta série primária e ainda não descobrira os livros de Oz que, aos 10, ajudaram a dar um fim a meu período durão.

No quarto ano primário eu tinha um amigo íntimo: um menino magro e pálido, de cabelos e olhos claros, que se chamava Oliver. Creio que, ao crescer, ele se tornou advogado ou corretor imobiliário. A maioria dos meninos de nosso grupo em Washington se tornou alguma coisa interessante, como artista de cinema ou pintor, embora vários se tenham divorciado uma ou duas vezes, e outros mostrem sinais de alcoolismo.

Oliver gostava tanto de tortura e violência quanto eu, e era quase igualmente durão, o que significava durão mesmo. Nossa conversa era uma mistura de papo de gângster e jardim-de-infância. Organizávamos sociedades secretas, encorajávamos guerras de gangues na escola, e às vezes roubávamos coisas nas mercearias.

Todos tínhamos elaborados mundos de sonho. Eu posso imaginar hoje como era, provavelmente, o de Oliver; quanto ao meu, lembro-o com toda vividez: o clima, o cenário, e até várias tramas de minha vida imaginária quando tinha 9 anos e era depravado. Sei que tinha grande força física e vivia num castelo, usava uma capa e muitas vezes uma coroa. Também era mais forte que os homens adultos; aquela raça de voz profunda e cara dura. E em meu mundo eu inventava todo tipo de torturas para meus inimigos. A mais constante e satisfatória vítima era a professora do quarto ano, uma mulher informe com bobes nos cabelos, pálida e desleixada, um pavoroso nariz fino e com uma translúcida membrana cor-de-rosa. Quase sempre tinha febre e uma bolha no lábio superior. Era severa, maldosa e, em momentos de raiva, torcia o braço da gente. Recebia sua recompensa no *meu* mundo.

Por volta do mês de outubro, pouco depois de meu nono aniversário, em uma tarde luminosa, Oliver e eu vimos o tordo.

Primeiro, permitam-me dizer que nossa escola era o que chamam um semi-internato rural, a vários quilômetros da cidade. Era ampla, com gramados bem cuidados, onde garotos com menos imaginação extravasavam sua violência no futebol americano e nas brigas. Oliver e eu raras vezes nos juntávamos a eles; sentíamos desprezo por aqueles simplórios. Às vezes, claro, éramos obrigados a jogar, e quando isso acontecia, eu escolhia uma parte do campo onde nada aconteceria que me perturbasse, e ali ficava sonhando acordado. Nesses sonhos, eu era o ator, jamais a plateia.

A escola ocupava uma grande casa rural na Virgínia, a 10 minutos de ônibus de Washington. A casa era o que, em nossa região Sul, chamamos de georgiana, embora na verdade fosse uma graciosa confusão de estilos do final do século XIX: tijolo vermelho, altas janelas no térreo e, dentro, uma escada em caracol. Tetos altos, fendas nas paredes, e por toda parte a sensação de muitas gerações de vida feudal sulista; na verdade, uma relíquia de um rico nortista que, vindo para o Sul com uma administração republicana, se imaginava fidalgo, deixara-a em testamento para os filhos, morrera, e eles, verdadeiros herdeiros, haviam-na prontamente vendido.

Mas, para nós, os sessenta alunos, os terrenos eram muito mais interessantes que a casa: gramados suaves curvavam-se da construção até a linha da mata, onde, entre finas árvores escuras, brilhantes no outono com as cores da estação, víamos o pardo e lento rio Potomac, que rugia continuamente como o mar, com um barulho triste e solitário.

O dia do tordo foi igual a qualquer outro do outono. Peguei o ônibus escolar em frente à minha casa e conversei com Oliver enquanto seguíamos para a escola. Não faço a menor ideia das nossas conversas quando tínhamos 9 anos.

Creio que Oliver e eu falávamos de nossos professores, dos outros meninos e das peculiaridades de nossos pais. Lembro-me que uma vez me voltei para ele e disse solenemente (isso foi um ano depois, após o divórcio da minha avó):

— Nós passamos o inferno juntos, minha mãe e eu.

Lembro-me que, quando tinha 10 anos, falava quase apenas usando sonoros clichês, e começara a demonstrar um alarmante talento para a poesia moral. Mas, aos 9, naquele claro dia de outubro, eu era mais pitoresco, mais desesperado e certamente mais original do que tenho sido desde então.

Chegamos à escola, entramos na sala de aula, e aí as lembranças cessam. Creio que deve ter acontecido alguma coisa naquelas aulas, mas não me lembro de quase nada nas salas. Tenho apenas uma lembrança nítida de meus primeiros seis anos na escola. Por algum motivo, construímos um modelo da Via Ápia numa mesa de papelão. E como entre meus inúmeros talentos eu tinha o de modelar, fui convidado a fazer as figuras humanas para a Via Ápia. Eram belos e esplêndidos romanos, de felizes proporções, com togas do mais branco papel higiênico. Todos ficaram impressionados. Mas infelizmente eles não ficavam de pé, e a professora, a terrível mulher de lábios finos, esmagou todas as pernas, reduzindo-as a gordas colunas e arruinando completamente a simetria clássica. Quando descobri isso, dei tal demonstração de sensibilidade ofendida que ela foi obrigada a chamar o diretor, que tentou me acalmar sugerindo que, com togas maiores, ninguém notaria as pernas, e além disso eu devia lembrar que fora contratado para fazer figuras (e eram bastante admiráveis) que pudessem ficar de pé em cima de bigas.

Fora esse episódio, não me lembro de nada daqueles seis anos na sala de aula, mas me lembro das tardes ao ar livre, sobretudo daquela particular em outubro. O céu estava claro e as nuvens pesadas e brancas moviam-se tão devagar que ficávamos como que hipnotizados, olhando os castelos virarem elefantes, os elefantes, cisnes, os cisnes, professores. Naquele dia, Oliver e eu nos esgueiramos disfarçadamente das brincadeiras dos colegas de classe.

Corremos para a beira do gramado, onde um rochedo coberto de mato caía quase vertical até o rio lá embaixo. Ali, escondidos dos outros por uma fila de árvores sempre verdes, o rio abaixo de nós, sentamo-nos confortavelmente no chão, e eu comecei a inventar uma história que Oliver ouvia avidamente, lisonjeiramente.

Foi ele quem primeiro notou o tordo.

— Olhe — disse, interrompendo-me e apontando alguma coisa no mato.

Olhei e vi o pássaro. Tinha uma das asas quebrada e batia-a fracamente, ainda tentando voar. Nós nos aproximamos e o examinamos cuidadosamente, mas com o cuidado de não tocá-lo, com medo de uma inesperada bicada ou mordida, ou de germes sinistros.

— Que vamos fazer? — perguntei.

Porque sempre tem-se de fazer alguma coisa em relação a tudo que se encontra em nosso caminho.

Oliver balançou a cabeça; não servia para nada.

— Está seriamente ferido.

Observamos o tordo a se debater num pequeno círculo no chão. Pipilava.

— Talvez a gente devesse levá-lo pra casa. — Mas Oliver balançou a cabeça: — Está muito ferido. Não vai viver muito, e, de qualquer forma, não saberíamos o que fazer.

— Talvez devamos arranjar um pouco de hamamélia ou alguma coisa assim — sugeri; mas como isso significava procurar as autoridades da escola, decidimos contra os remédios.

Esqueci quem teve a ideia primeiro. Espero que tenha sido Oliver. Decidimos que o tordo devia ser liberado de seu sofrimento; tinha de ser morto. A decisão foi muito fácil, mas quando se tratou da execução de fato, fomos não apenas sem imaginação, mas medrosos.

Pensando num quadro que eu vira de Santo Estêvão, sugeri que o tordo fosse morto com uma pedra. Oliver pegou a primeira (estou quase certo de que foi ele) e jogou-a diretamente em cima da criatura, mas a pedra caiu a um lado e o passarinho, ainda vivo, bateu as asas e arquejou. Então *eu* peguei uma pedra e joguei-a, e então, coisa horrível, havia sangue nas asas que se batiam no ar claro, fazendo adejar as folhas mortas no chão.

Então ficamos com medo e raiva e pegamos mais pedras e jogamo-las com a força que podíamos no tordo, qualquer coisa que parasse o movimento daquelas asas e o barulho da dor. As pedras caíram umas atrás das outras até o passarinho ficar coberto, a não ser pela cabeça... e continuava vivo; não queria morrer. Oliver (tenho certeza de que foi ele) pegou finalmente uma grande pedra e assentou-a com a força que pôde no topo da pirâmide, concluindo o túmulo. Procuramos ouvir com atenção; não vinha mais barulho algum lá de baixo.

Ficamos ali parados um longo tempo, sem nos olhar, a pilha de pedras entre nós. Não se ouvia nenhum barulho além dos gritos distantes de nossos colegas a brincar no gramado. O sol brilhava forte; nada mudara no mundo, mas de repente, sem uma palavra e na mesma hora, os dois nos pusemos a chorar.

1948

UM MOMENTO DE LOURO VERDE

Meu esquecimento parece relacionar-se apenas a lugares; tenho pouca dificuldade para lembrar nomes ou rostos, e em geral chego aos encontros a tempo, embora, mesmo nisso, tenha me tornado meio descuidado ultimamente.

Na semana passada, cheguei a um encontro não apenas na hora errada, mas no endereço errado, uma experiência meio perturbadora. Mas também o prédio do Tesouro Público ficava bem em frente, e fiquei aliviado por ainda poder encontrar meu caminho tão facilmente pelas ruas de Washington, cidade na qual não morava havia muitos anos.

Milhares de pessoas amontoavam-se nas calçadas, pois era um dia de posse e todos estavam ávidos por ver o presidente passar de carro em comitiva oficial até o Capitólio, para a Cerimônia de Posse. O estado de espírito da multidão era de gala, embora o céu estivesse escuro, prometendo chuva.

Com dificuldade, atravessei a rua até o Hotel Willard's. No meio-fio, fui detido por uma coluna de uma comunidade do Meio Oeste, uma coluna já aureolada de álcool. Numa das mãos, o sujeito trazia uma pequena faixa, e na outra, uma garrafa de uísque sem rótulo (não calculei então o significado desse detalhe).

— Tudo vai mudar nesta cidade. Acredite em mim.

Graciosamente, acreditei nele, evitei a garrafa, andei o mais rápido possível até a porta do hotel e entrei.

O Willard's tem dois saguões: um do lado da rua "F" e um paralelo no lado da avenida Pensilvânia, paralelo a ela; os saguões são ligados por um corredor atapetado, espelhado e marmorizado, onde encontrei um sofá e me sentei para observar com conforto as centenas de pessoas que agora passavam da rua para a avenida, apressadas e alegres.

Por lealdade à nossa elegante sociedade de Washington, decidi que aqueles ruidosos passantes deviam ser de fora da cidade: gordos comerciantes com óculos sem aros, gente do sudoeste com Stetsons e botas, damas de Nova York com peles de raposa prateada — todos políticos, e todos, por um motivo ou outro, muito felizes com o novo presidente. Notei que alguns traziam no bolso garrafinhas de uísque; as primeiras que eu via desde criança, quando vigorava a Lei Seca. Agora, aparentemente, as garrafinhas haviam voltado, como diriam os publicitários.

Uma personagem política sentou-se a meu lado, a nádega direita, ossuda, raspando minha coxa quando ele se espremeu no sofá. O sujeito remexeu-se, abrindo mais espaço para si. Eu fechei a cara, mas ele não notou.

— A gente fica cansado mesmo esperando de pé por aí — disse, genericamente, tropeçando na verdade.

Concordei. Ele era sulista e falava comigo, e de vez em quando eu balançava a cabeça com uma discreta meia-atenção, fingindo procurar alguém e esperando assim desculpar minha falta de interesse. Cheguei a estreitar os olhos, meio míope, como se um rosto conhecido houvesse de repente aparecido entre os estranhos. Então apareceu um. Vi meu avô, de cabelos brancos e rosto rubicundo, aproximando-se com um colega político. Sorria de alguma coisa que o outro dizia. Ao passarem à minha frente, ouvi meu avô dizer:

— Ele sabe tão bem quanto eu o que penso do ouro...

Quando me levantei, perturbando o sulista, o fantasma já desaparecera. Senti uma contração nervosa no estômago; fora outra pessoa, claro. Sempre tive o hábito de procurar semelhanças. Muitas vezes noto um menino e penso: "Ora, aí está fulano, que foi meu colega de escola!" Então me lembro de que o coleguinha hoje seria um adulto, não mais com 14 anos. Ainda assim, perturbado por essa visão do meu avô morto, levantei-me e entrei no saguão da avenida Pensilvânia. Ali, entre palmeiras e retratos do novo presidente, outros políticos e basbaques comemoravam o grande momento com barulho, uísque e trovejante boa vontade.

— Vamos subir — disse uma mulher a meu lado. Era loura, bem vestida, meio bêbeda e num clima amistoso. — Nós temos uma suíte lá em cima. Estamos dando uma festa. Vamos ver o desfile... Emily!

E Emily juntou-se a nós e subimos todos juntos no elevador.

A suíte eram dois quartos alugados semanas antes para aquele dia. A festa já começara: trinta ou quarenta homens e mulheres, jovens funcionários eleitos na maior parte, embora houvesse, logo descobri, alguns nativos de Washington também: figuras parasíticas do governo.

Deram-me uma taça de champanha e me deixaram em paz. Minha anfitriã e Emily, de braços dados, rompiam um círculo após o outro, penetrando no centro da festa. Eu ouvia suas risadas muito depois de elas haverem desaparecido.

Andei devagar pela sala. Era como um baile, e desejei, por simples aparência, ter uma parceira. Há alguma coisa de profundamente negativo em ficar de pé sozinho na periferia de um grupo em que todos chegaram, como animais numa arca de Noé, aos pares. Pensei em dilúvios.

Acabei a champanha, perguntando-me ociosamente por que não conhecia ninguém na sala. "A cidade mudou", pensei; andara longe dez anos, um longo tempo. Atravessei a sala até a janela e olhei lá fora o desfile que já começara. Alto-falantes em cada esquina tornavam o Discurso de Posse audível mas ininteligível. Alguma coisa dera errado com a sincronização, e os alto-falantes ecoavam uns aos outros de forma constrangedora, confundindo a voz do presidente. A mulher a meu lado observou:

— Não faz nenhum sentido.

Olhei-a e vi, para minha surpresa, que fora minha mãe quem falara.

— Que está fazendo aqui? — perguntei.

— O que eu estou...? — Ela pareceu intrigada. — Dorothy... você conhece Dorothy, não conhece?... ela pediu...

O barulho era grande e não ouvi o resto da frase.

— Mas achei que você ia ficar em casa hoje.

Ela me lançou um olhar curioso e percebi que não me ouvira. A conversa era agora impossível. As pessoas nos empurravam, nos davam bebidas, cumprimentavam-na com entusiasmo. Observando-a, eu me surpreendia, como sempre faço, com todas as pessoas que ela conhece. Era visível que durante os muitos anos que eu passara fora de Washington todo um novo grupo chegara à cidade, e ela conhecia a todos.

— Há quanto tempo você está aqui? — ela me perguntou, animada.

— Cheguei há alguns minutos.

— Não, eu quero dizer há quanto tempo...

Mas um grande oficial de cavalaria se meteu entre nós. Isolado por suas costas enormes, uniformizadas, olhei pela janela.

O céu estava claro. A noite esperava por trás do domo do Capitólio, onde o presidente, com uma incomum ressonância, acabara seu discurso. Embaixo de minha janela, soldados marchavam e a multidão que se alinhava dos dois lados da avenida murmurava com o ordenado progresso deles.

— O que você acha? — perguntou minha mãe, elevando a voz acima do barulho da sala; o oficial de cavalaria se fora.

— Igual a todas as outras que já vi.

— Eu me referia a Washington.

Fiz uma pausa. Já passáramos por isso muitas vezes antes.

— Bem, você sabe o que eu penso...

— Sei...?

— Quero dizer que é tão chato quanto sempre foi.

Depois acho que ela disse:

— Por quanto tempo você viveu aqui antes?

Mas como havia muita confusão na sala, não tive certeza. Pigarreei; homens separavam-nos. Eu a achei extremamente atraente. Não a via tão bem em muito anos.

Mas agora alguma coisa inusual se passava do lado de fora. O barulho da multidão aumentou de volume como um rádio sendo sintonizado ou como a aproximação de um terremoto, que, nos países de terremoto, sempre pode ser ouvida minutos antes: um rumor distante, com o chão ondulando em círculos cada vez mais largos a partir do ponto central. Respondendo a esse som urgente, as pessoas na sala se comprimiram contra as janelas e viram exatamente quando o presidente passava abaixo de nós. Ele ergueu a cartola e acenou com ela. Depois desapareceu e cessou a gritaria.

— Vai voltar pra casa? — perguntei, voltando-me para minha mãe.

Estávamos juntos de novo, cercados por oficiais da Força Aérea.

Ela franziu vagamente a testa.

— Imagino que o verei depois... alguma hora — acrescentou, e, antes que eu pudesse responder, um esquadrão de mulheres usando chapéus de papel e soprando cornetas dividiu a sala com a fúria de sua passagem, e aproveitei esse sábio momento para deixar a festa, evitando por pouco ganhar de presente um chapéu de papel.

Voltando ao hotel, imaginava por que minha mãe fora àquela festa. Compreendo que ela conhece muita gente hoje que eu não conheço: pessoas que chegaram à cidade nos anos em que andei fora, viajando cada vez mais distante de Washington, sem pesar nem saudade, mas sempre cônscio de que a nostalgia por um lugar pode ocorrer com o tempo. Minha família é sentimental, e cada vez mais eu tendo a acreditar na hereditariedade do comportamento. Um dia, provavelmente ficarei muito comovido com a ideia da primavera (ou outono) em Rock Creek Park, onde passei a maior parte de minha infância, numa casa de pedra cinzenta sobre uma colina, entre árvores cruzadas pelo Rock Creek juncado de pedras e pardo, cujo curso brilhante serpeia por entre matas verdes.

Enquanto andava, pensava na eleição e na posse, que significavam muito menos para mim do que eu faria parecer em público. Tenho a convicção de que os indivíduos pouco têm a ver com os negócios de Estado, que os governos são essencialmente sistemas de preenchimento que, com o tempo, pifam por falta de espaço nos gabinetes, funcionários, máquinas de escrever, papel e talvez fé na ordem. Acho cada vez mais difícil levar a sério os negócios públicos; uma definitiva tendência esquizoide, como diria um amigo psicólogo, que me põe figurativamente num saco de borracha cinzento, onde, isolado do mundo externo, não posso encarar com prazer nem consternação o interior de meu reino privado, complacente por haver escapado tão limpamente, tão completamente.

Estava agora nos arredores de Rock Creek Park. Obedecendo a um impulso, entrei no parque e desci a Broad Branch Road, passando pelo Moinho de Pierce — nome do bom presidente que deu um consulado a Hawthorne.

Enquanto caminhava, o dia acabou. O planeta Vênus, um círculo prateado num céu cinzento, varou a borda do anoitecer, quando as ventosas matas escureciam à minha volta e na quietude o barulho regular de meus passos batendo no pavimento parecia o bater ritmado de um gigantesco coração de pedra.

Finalmente cheguei à colina onde, no topo de uma estrada sinuosa, ficava a nossa antiga casa, agora pertencente a estranhos. Eu ia seguir em frente, quando um menino atravessou na minha frente, vindo do arroio.

Era já crescido, com cabelos louros prateados e olhos negros. Trazia nos braços vários galhos de louro. Ao me ver, parou. Então, magicamente, as luzes da rua se acenderam, encerrando o crepúsculo e sombreando nossos rostos.

— Você mora aqui?

— Moro. — A voz era leve, ainda não mudara. Ele passou os galhos de louro de um braço para outro, hesitante, como se ainda não tivesse decidido entre ficar e conversar ou ir para casa. — É a casa do meu avô.

— Mora aqui há muito tempo?

— A maior parte da minha vida. Você conhece meu avô?

Eu disse que não.

— Mas eu morei naquela casa também... quando tinha mais ou menos a sua idade. Foi *meu* avô quem a construiu, trinta anos atrás.

— Não, acho que não. Foi o *meu* que a construiu muito tempo atrás: quando eu nasci.

Eu sorri, não contestando isso.

— Quantos anos você tem? — perguntei.

— Doze — ele disse, constrangido por não ser mais velho.

À branca luz sem sombras, os cabelos reluziam como metal.

Então eu fiz as perguntas tradicionais sobre a escola: adultos e crianças sempre se encontram como estranhos, com um limitado vocabulário comum e mútua desconfiança. Eu teria gostado de conversar com ele como um igual, pensei: meus olhos apenas no verde, não na prata nem na pele morena. Havia nele uma franqueza rara entre crianças, que em geral são não apenas cautelosas, mas muitas vezes francamente políticas em seus tratos com as pessoas maiores. Fiz a pergunta decorada:

— De que você mais gosta na escola?

— De ler. Meu avô tem uma grande biblioteca...

— No sótão — eu disse, lembrando minha própria infância.

— É, no sótão — ele disse, hesitante. — Como você sabia?

— Nós também guardávamos livros lá, milhares deles.

— Nós também. Eu gosto dos de história.

— E *As mil e uma noites*.
Ele pareceu surpreso.
— É. Como você sabia?

Balancei a cabeça, olhando-o diretamente pela primeira vez: um rosto moreno quadrado entre o cabelo prateado e o louro verde, um rosto imberbe, liso, não tomado por rugas, nem pele seca, nem por veias rebentadas, nem pelo caráter que, uma vez formado, corrompe a expressão. A luz do poste diretamente acima revelava o crânio familiar. Nós nos olhamos um ao outro e eu soube que devia dizer alguma coisa, fazer mais uma pergunta, mas não pude, e assim ficamos até que, por fim, para quebrar aquele silêncio, eu repeti:

— Você gosta da escola?
— Não. Você mora em Washington?
— Morava... quando vivia ali em cima. — Indiquei a colina. — Antes da guerra.
— Isso foi há muito tempo — disse o menino, franzindo a testa, e o tempo, lembrei, depende da idade que a gente tem: 10 anos, nada para mim agora, a vida toda para ele.
— É, muito tempo atrás.

Ele passou o peso do corpo de um pé para outro.
— Onde você mora?
— Em Nova York... às vezes. Já esteve lá?
— Ah, sim, não gosto de lá.

Eu sorri, lembrando quando criança a repulsa que as pessoas sentiam por Nova York.

— Que vai fazer com isso? — perguntei, tocando um galho de louro. — Fazer coroas como faziam os romanos?

Lembrei-me de uma edição ilustrada vitoriana de Lívio em que todos os heróis usavam os louros de Apolo.

Ele me olhou, surpreso; depois sorriu.

— É, faço isso às vezes.

"Nada mudou!", pensei, e começou o terror.

— Preciso ir — ele disse, saindo do círculo de luz.

— É, é hora do jantar.

Do alto da colina, uma voz de mulher chamou um nome que nos fez sobressaltar aos dois.

— Preciso ir — ele disse de novo. — Adeus.

— Adeus.

Vi-o subir reto a colina e atravessar o gramado, não seguindo a estradinha pavimentada. Continuei a observá-lo até que a porta da frente se abriu e ele entrou na luz amarela. Então, quando me afastava, descendo a estrada entre as colinas na noite escura, imaginei se algum dia devia lembrar um encontro com um estranho que me fizera perguntas estranhas sobre nossa casa, e sobre o louro verde que eu trazia em meus braços.

1949

O TROFÉU ZENNER

I

— Pelo que sei, Sawyer saiu hoje cedo, antes que alguém tivesse a chance de conversar com ele, antes da reunião dos professores.

O diretor estava apropriadamente grave.

— Correto, senhor — disse o sr. Beckman. — E segundo o conselheiro dele, deixou para trás a maioria das roupas — acrescentou, como se por um exame muito de perto de todos os detalhes se pudesse evitar a crise.

Estava na escola havia menos de um ano, e embora houvesse enfrentado várias situações difíceis, não se achava de modo algum preparado para enfrentar um desastre tão grande quanto aquele.

Felizmente, o diretor era uma rocha. Em vinte anos, tornara-se a escola, ou melhor, a escola fora remodelada à sua imagem, para deleite de todos, com exceção dos professores da velha guarda. Quando ele falava, podia fazê-lo com total conhecimento e total autoridade; não apenas podia citar toda a constituição daquela academia do velho século, mas também fazer convincentes analogias entre hoje e ontem, este século e o passado. Mais ou menos como um sábio árabe, pensava o sr. Beckman, quando o diretor fazia uma precisa e inteligente comparação entre a atual crise e uma anterior, pois, como os filósofos árabes, montava os fatos principais e produzia — da memória, não da razão — um texto antigo relevante que lhe dava a solução, modelada pelo precedente e a sábia cumulativa da velha instituição.

"Um homem muito eficiente", pensou o sr. Beckman, balançando inteligentemente a cabeça, não ouvindo, demasiado absorvido pela sincera apreciação daquele esplêndido ser humano que o salvara no ano anterior do Saint Timothy's, onde era um mal pago professor de história sem nada a esperar além de um futuro de obscuro desconforto, de jantares no refeitório (atum frio, alface parda, batata frita e ervilha enlatada) tornados comíveis apenas pelo uso frequente e ritualístico de um moedor de pimenta ricamente talhado que lhe fora dado pelos pais de um aluno ruim com o qual fizera amizade. Mas na primavera anterior sua sorte mudara; ofereceram-lhe um emprego de verão como tutor de um menino em Oyster Bay. Aceitara a comissão, gozara o verão e a companhia do tio do menino, que, por uma feliz coincidência, era o próprio diretor... "E aqui estou eu", pensava o sr. Beckman complacentemente, cruzando as pernas e curvando-se para a frente, sintonizando-se de novo, por assim dizer, com o chefe.

— E assim, sr. Beckman, o senhor pode ver que esse desagradável caso não é de modo algum desconhecido. Nós o enfrentamos de frente antes, e sem dúvida teremos de enfrentá-lo no futuro, igualmente de frente, ai de mim.

Fez uma pausa, deixando que esse clássico epíteto de pesar, essa estilizada expressão de dor, representasse sua atitude não apenas para com aquele determinado caso de maldade, mas para com todos os lapsos morais, na escola e fora dela.

— Entendo o que o senhor quer dizer, senhor. Mesmo no Saint Timothy's, houve um caso semelhante...

— Eu sei, sr. Beckman, eu sei — interrompeu o diretor. — É o espectro de muitas escolas e a ruína de algumas; mas não da nossa, sr. Beckman.

O diretor sorriu com orgulho para seu próprio retrato acima da lareira falsa. Era um bom retrato, pintado à maneira de Sargent, idealizado mas reconhecível. O diretor olhava seu próprio retrato como se extraísse força da versão oficial dele mesmo, força do consciente conhecimento de que seu trabalho ia durar por gerações na capela da escola, um símbolo decorativo do reinado do terceiro diretor, uma imagem que impressionaria a todos com o distinto arranjo das feições: nariz largo e firme, boca sem lábios, testa branca e cabeleira cheia. Em todos os aspectos, era o rosto de um homem de poder (o fato de o corpo ser gordo e baixo não fazia diferença, pois estavam ocultos nos trajes acadêmicos). Depois, satisfeito com aquela visão de sua posteridade, o diretor retornou ao seu problema constrangedor, ou, como logo se tornou, o problema constrangedor do sr. Beckman.

— O senhor viu a rapidez com que a escola agiu. — O sr. Beckman assentiu com a cabeça, imaginando se alguém, desde o dr. Johnson, adquirira de tal forma o jeito de fazer o ordinariamente respeitoso "senhor" soar como um diminutivo íntimo. — Nós sempre agimos rapidamente nesses casos. A... revelação foi feita ontem à noite. Às 10 horas desta manhã, o corpo docente, a maioria dos professores pelo menos, havia-se reunido e agido. Isso é que é agir rápido. Até *você* tem de admiti-lo.

O sr. Beckman admitiu que foi muito rápido mesmo: o "até você" era a piadinha do diretor, pois gostava de brincar que o sr. Beckman era como um crítico e forasteiro estranho, um espião das academias eclesiásticas, ávido por descobrir defeitos naquela escola severamente protestante.

— Agora parece que Sawyer preferiu partir antes que se informasse seu destino a ele. Uma fuga covarde, mas no todo sensata, pois não teria havido dúvida em sua mente sobre qual seria a nossa decisão: partindo, ele nos poupou um certo constrangimento. Já escrevi a seus pais. — Fez uma pausa, como se esperasse algumas palavras de aprovação do sr. Beckman; nenhuma veio, porque o sr. Beckman examinava agora o retrato e perguntava a si mesmo o que diriam as futuras gerações quando o vissem na capela: "Quem foi esse macaco?" A irreverente ideia o divertiu e ele se voltou para o original do quadro com um sorriso que o diretor interpretou como aplauso. Balançando abruptamente a cabeça como para reconhecer e silenciar os aplausos de uma multidão, continuou: — Creio que apresentei o caso sem nenhuma paixão. Acho que os fatos falam por si, como sempre, e seria gratuito da minha parte fazer maiores comentários. A responsabilidade não é mais minha, e sim deles. *Sawyer não é mais um dos nossos.* Flynn, porém, apresenta um problema mais difícil.

— Quer dizer, porque *não* foi embora?

O diretor balançou a cabeça e pareceu, pensou o sr. Beckman, um tanto ansioso.

— Não, embora eu deva dizer que teria sido mais fácil se ele partisse quando o outro o fez. Mas isso não é problema nosso.

— O troféu?

— Exatamente. O prêmio Carl F. Zenner de elegância esportiva, nossa maior honraria. Ele era, se você se lembra, uma escolha extremamente popular.

— Claro que me lembro. Os meninos o aplaudiram durante horas na capela. Achei que nunca mais iam parar.

O diretor assentiu, de cara amarrada.

— Felizmente, o próprio troféu só é apresentado no primeiro dia de aula; temos pelo menos uma semana para pensar no que fazer. Flynn, claro, já não pode recebê-lo. Devo dizer que gostaria que não houvéssemos feito o anúncio tão antecipadamente, mas está feito e é isso aí, e vamos ter de tirar o melhor proveito. Sou a favor de fazer outra premiação, mas o diretor de Atletismo me disse que Flynn era a única escolha possível; nosso melhor atleta.
— Fez uma pausa. — Lembra-se do dia em que ele lançou contra Exeter! Maravilhoso! E um garoto bonitão, ainda por cima. Mas receio jamais havê-lo conhecido bem. — O diretor era, em todos os aspectos, o moderno cabeça de uma grande escola: distante, majestático, preocupado apenas com as mais abstratas teorias de educação, e também com uma implacável busca tipo "Santo Graal". Conhecera muito poucos dos seus jovens pupilos. De qualquer modo, após trinta anos, um menino tende a ser muito parecido com outro.

— Sim, era um excelente atleta — concordou o sr. Beckman, e perguntou-se como ia livrar-se daquele dilema.

O problema era, em parte, seu, pois fora conselheiro do garoto. Cada menino tinha um conselheiro oficial entre os professores. Os deveres desses orientadores, porém, eram um tanto vagos; geralmente esperava-se que fossem responsáveis pelas carreiras acadêmicas dos pupilos, mas na verdade eram policiais, com a missão de manter a ordem nos dormitórios. O menino Flynn fora um dos pupilos do sr. Beckman, e até agora era o principal ornamento do seu dormitório; o melhor atleta que a escola produzira em mais de uma década; tão festejado, na verdade, que o sr. Beckman se sentia um tanto tímido com ele, e por conseguinte não chegara a conhecê-lo bem.

— Devemos ocultar isso dos alunos — disse o diretor de repente, olhando para o sr. Beckman como se desconfiasse de que ele sofria tonteiras, fosse falastrão.

— Concordo plenamente, senhor, mas receio que eles vão descobrir mais cedo ou mais tarde. Ele é um dos heróis da escola. Quando os meninos descobrirem que não vai se diplomar, imaginarão o motivo.

— Eu compreendo que conversas podem acontecer, mas não vejo motivo para revelarmos a verdadeira causa do desligamento do rapaz desta instituição.

O verbo operativo intrigou o sr. Beckman até ele lembrar que o diretor fora, por um ou dois anos durante a guerra, coronel em Washington, e que ainda podia empregar uma expressão militar com a melhor das faculdades de um jovem que também servira no conflito.

— Mas *o que* vamos dizer? — persistiu o sr. Beckman. — Vamos ter de dar alguma desculpa.

— Não é ocasião, sr. Beckman, para nenhum de nós *jamais* dar desculpas — disse o diretor com uma voz calma e cruel. — Além disso, temos apenas uma semana do início das aulas, e tenho certeza de que se todos mantivermos um discreto silêncio o assunto logo será esquecido. A única complicação, como eu já disse, envolve o troféu Zenner. No momento, a ideia é não dá-lo de modo algum este ano, mas claro que teremos de ver o que o comitê do nosso corpo docente desencava... Seja como for, isso não tem nada a ver com o assunto em pauta, que, especificamente, se refere à expulsão de Flynn, uma tarefa desagradável, em geral executada pelo reitor. Em sua ausência, e ele está ausente, a triste tarefa deve ser cumprida pelo conselheiro envolvido.

— E não pelo diretor?

— *Jamais* pelo diretor — disse essa autoridade, armando uma pilha de papéis à sua frente como para barricar-se ainda mais seguramente contra a sórdida vida da escola.

— Eu entendo. Será que não há possibilidade de mantê-lo? Quer dizer, deixá-lo formar-se na próxima semana?

Sentia que era seu dever fazer essa sugestão.

— Claro que não! Como pode sugerir uma coisa dessas depois do que aconteceu? Houve duas testemunhas, e as duas eram membros do corpo docente. Se fosse apenas *uma* testemunha, talvez nós pudéssemos... — O diretor parou, prevendo um choque, mas não adiantou.

Retornou logo à sua posição original, observando que a moralidade da coisa era perfeitamente clara, e que o crime e o castigo eram bem conhecidos, e não teria havido toda essa discussão não fosse pelo maldito prêmio.

— Não, o garoto foi expulso e pronto. Já escrevi aos pais dele.

— Contou a eles o que aconteceu? Com detalhes?

— Contei — disse o diretor, firme. — Afinal, é o filho e eles devem saber de tudo. Eu não estaria cumprindo o meu dever se não lhes contasse.

— Meio difícil para eles, não acha?

— O senhor o *está* defendendo? — O diretor induziu a momentânea oposição do sr. Beckman para total submissão com um simples olhar dos olhos de ágata, olhos que tantas vezes sufocavam revoltas estudantis, fustigavam o corpo docente, arrancavam verbas dos mais brutais milionários.

— Não, senhor... Eu só estava pensando...

Este foi o fim do assunto, pensou o sr. Beckman de cara fechada, murmurando para reconquistar a boa vontade.

— Muito bem — disse o diretor, levantando-se e encerrando a audiência. — Fale com ele. Diga-lhe que o corpo docente, por unanimidade, o expulsou, e que o troféu

Zenner será dado a outro. Também pode falar do pesar com que eu pessoalmente fiquei sabendo de suas... atividades, e que não o condeno de todo; em vez disso, tenho pena dele. É uma terrível desvantagem não saber distinguir o certo do errado nessas questões.

— Direi isso a ele, senhor.

— Ótimo... Exatamente que tipo de rapaz ele *é*? Eu o vi jogar bola muitas vezes... um verdadeiro campeão... mas jamais cheguei a conhecê-lo. Nas poucas ocasiões em que nos encontramos, ele parecia perfeitamente... bem ajustado. E vem de uma boa família, também. Curioso que seja um atleta tão maravilhoso, no final das contas.

— É, um atleta maravilhoso — repetiu o sr. Beckman.

Esse aparentemente seria o epitáfio de Flynn; ele tentou traduzi-lo para o latim, mas não conseguiu, incapaz de lembrar a palavra para "atleta".

— Você nunca notou nada de incomum nele, notou? Algum indício que poderia, em retrospecto, explicar o que aconteceu?

— Não, senhor. Sinto dizer que não notei absolutamente nada.

— Bem, não é culpa sua, nem da escola. Essas coisas acontecem. — O diretor deu um suspiro. — Passe no meu escritório lá pelas cinco... se for conveniente.

II

A manhã estava maravilhosamente clara e luminosa, e os fracos olhos do sr. Beckman encheram-se d'água quando ele cruzou o gramado do quadrângulo, uma vívida área de verde à solene luz do meio-dia. Alunos saudavam-no polidamente e ele respondia vagamente, sem vê-los, os olhos ainda não acostumados ao dia. Atravessou meio cambaleante o quadrângulo até a biblioteca, onde ficou parado um instante, piscando os olhos, até finalmente poder ver que estava de fato um belo dia, e que a escola parecia muitíssimo bonita.

Os prédios principais ladeavam a vasta grama verde do quadrângulo, uma grama marcada por inúmeras trilhas pavimentadas, desenhadas com muita engenhosidade geométrica para permitir, segundo a errônea suposição do arquiteto, qualquer possível travessia que um aluno quisesse fazer. Dos prédios no quadrângulo, o da Administração era o mais bonito e mais antigo; quase antigo o suficiente para ser na verdade aquilo de que era fac-símile: uma construção colonial de tijolos vermelhos, com um campanário e um sino, um sino que irritava irracionalmente o sr. Beckman. Tocava antes de cinco minutos de toda hora, assim como a hora da capela matinal até a última aula. Estava tocando agora. Onze horas. Ele tinha exatamente uma hora para "desligar" Flynn da escola que o rapaz tão brilhantemente adornara. Um vento quente agitava os lilases e, de repente, ele teve medo do que ia ter de fazer. Não estava preparado para lidar com mistérios. Muito cedo escolhera o brando familiar para seu domínio e jamais antes se aventurara no perigoso interior da vida de outrem: agora, dentro de poucos instantes, teria de saquear um templo, semear sal sobre terra estrangeira e destroçar um mistério. Semicerrando os olhos contra o clarão do sol, o sr. Beckman dirigiu-se ao dormitório de tijolos cor-de-rosa onde ele e Flynn viviam. Dentro do prédio, seguiu o corredor cheirando a cera; a língua seca, as mãos frias, o pânico mal controlado. À porta de Flynn, parou. Bateu baixinho. Não recebendo resposta, girou a maçaneta e abriu a porta, rezando para que o garoto tivesse ido embora.

Flynn não se fora. Estava sentado na beira da cama, uma mala aberta no chão à sua frente. Levantou-se quando o sr. Beckman entrou.

— Estou fora? — perguntou.

— Está.

Foi rápido. Por um momento, o sr. Beckman pensou em fugir.

— Eu imaginei que aconteceria.

O garoto tornou a sentar-se. O sr. Beckman imaginava o que devia dizer em seguida. Como nada lhe ocorreu, sentou-se à mesa junto da janela e assumiu uma expressão de grave simpatia. O garoto continuou a fazer as malas. Um longo momento de silêncio esticou os nervos do sr. Beckman, deixando-os tensos. Finalmente, ele quebrou o silêncio.

— O diretor queria que eu lhe dissesse que ele sente muito pelo que aconteceu.

— Bem, diga a ele que eu também sinto — disse Flynn, erguendo o olhar da mala e, para surpresa do sr. Beckman, sorrindo.

Não parecia abalado de modo algum, observou o professor com espanto, examinando-o cuidadosamente. Flynn, aos 18 anos, era um homem de boa compleição e altura média, musculoso mas não brutal como os outros atletas: o rosto cheio de sardas era amistoso e quase maduro, os olhos azuis escuros; usava curto o cabelo, de nenhuma cor em particular, num corte à escovinha. Durante o inverno eram mais compridos e, o sr. Beckman lembrava, bastante cacheados, como a cabeça de um jovem Dionísio.

Ele olhou o quarto em volta, as flâmulas nas paredes e o calendário de garotas seminuas, uma para cada mês. Num canto, empilhavam-se equipamentos atléticos: capacete de futebol americano, raquete de tênis — mais instrumentos de uma séria carreira que brinquedos de um garoto enérgico. Não, ele jamais saberia, jamais.

Houve mais uma longa pausa, mas desta vez o sr. Beckman se sentia mais à vontade, embora achasse sua posição cada vez menos segura.

— Creio — disse — que você irá para a faculdade agora.

— É, acho que vou. Tenho todos os créditos necessários do ginásio, e a universidade em minha terra me quer para jogar bola. Não vou ter nenhum problema para entrar... vou?

— Oh, não. Nenhum problema, tenho certeza.

— *Eles* não pensam em criar nenhum problema pra mim, pensam?

— A quem você se refere com "eles"?

— À escola. Não vão escrever para a universidade nem nada assim, vão?

— Oh, céus, não! — O sr. Beckman sentia-se aliviado por ter alguma boa notícia, por mais negativa que fosse. — A não ser por expulsar você, não vão fazer absolutamente nada. Claro... — Fez uma pausa, notando que o garoto tinha a cara muito fechada.

— Claro o quê?

— Eles já escreveram para seus pais.

— Escreveram o *quê* para meus pais?

— A... a coisa toda. É o costume, você compreende... o próprio diretor escreveu a carta hoje de manhã, na verdade — acrescentou com precisão, dirigindo a atenção, como sempre fazia numa crise, para a periferia da situação, para o detalhe incidental, na esperança de ainda evitar envolvimento. Mas não adiantou.

— Bem, estou perdido! — Flynn sentou-se, empertigado, as mãos quadradas cerradas em dois úteis e perigosos punhos. O sr. Beckman tremeu. — Então ele foi e escreveu tudo?

Parou e bateu com o punho na cama; as molas rangeram. Era tudo muito dramático, e o sr. Beckman empertigou-se na cadeira, erguendo uma das mãos como para defender-se.

— Você deve se lembrar — disse, a voz tremendo — de que o diretor só estava cumprindo o dever dele. Você foi *apanhado*, você sabe, e *foi* expulso. Não acha que seus pais merecem algum tipo de explicação?

— Não, não acho, não. Não desse tipo, pelo menos. Já é bastante ruim ser chutado sem fazer com que aquele idiota vá perturbá-los. Isso não é forma de me retaliar: eu trilho meu próprio caminho. Posso ir para qualquer escola que queira com uma bolsa. Ou virar profissional amanhã e ganhar dez vezes mais o dinheiro que aquele diretor idiota ganha. Mas por quê, eu gostaria de saber, alguém que nem me conhece se dá o trabalho de armar uma confusão dessas para a minha família?

— Estou certo de que não se trata de uma perseguição deliberada — disse o sr. Beckman. — E você devia ter pensado em tudo isso quando... quando fez o que fez. *Existem* certas regras de conduta, você sabe, que devem ser obedecidas, e você obviamente esqueceu...

— Ah, cale a boca!

O sr. Beckman teve uma tonta sensação de que caía; só com grande esforço se levantou, dizendo, tremulamente:

— Se você vai adotar esse tom comigo, Flynn, eu não vejo sentido em...

— Desculpe, eu não pretendia. Vamos, sente-se.

E o sr. Beckman sentou-se, a autoridade desaparecida. Não mais podia prever a direção que a conversa ia tomar, e sentiu-se na verdade aliviado por não ser mais sua a iniciativa.

— O senhor entende como eu me sinto, não entende?

— Sim — disse o sr. Beckman. — Entendo — e, infelizmente, entendia mesmo.

Não era apenas solidário; estava do lado dele, identificava-se com ele, embora sem esperança. Arrepiou-se à ideia da reunião entre pais e filho, e tentou não pensar no que aconteceria. Teria a mãe um derrame? Choraria?

— Se eu puder fazer... — começou.

Flynn sorriu.

— Não, acho que não se pode fazer nada, obrigado. Acho que provavelmente era esperar demais... Quer dizer, que eles mantivessem silêncio a respeito. Mas e o resto da escola? O diretor vai-se levantar na capela e contar a história toda?

— Oh, não. Ele planeja não dizer absolutamente nada aos alunos. Instruiu o corpo docente a tampouco dizer algo.

— Bem, isso é boa nova, mas o senhor sabe que eles vão se perguntar por que Sawyer e eu não nos diplomamos, por que partimos apenas uma semana antes do início das aulas. — Fez uma pausa. — Que vão fazer em relação ao troféu?

— Eu não sei. Como não podem dá-lo a você, estão numa enrascada: se derem a outro, vão chamar a atenção para o fato de que vocês foram expulsos. Tenho o palpite de que não vão concedê-lo este ano.

E o sr. Beckman deu uma risadinha, totalmente alinhado contra a escola que até uma hora atrás tanto admirava e tão sinceramente ansiava por servir.

— Acho que isso agora é problema deles — disse Flynn. — Ficaram muito chocados?

— Quem?

— Os professores. O senhor sabe: todos que me conheciam, como os treinadores com os quais trabalhei. Que foi que eles disseram?

— Ninguém disse muita coisa. Acho que ficaram todos surpresos. Quer dizer, acho que você era a última pessoa que alguém esperaria que se envolvesse... assim. Receio que *eu* mesmo tenha ficado meio surpreso também — acrescentou com um ar tímido, reticente.

Mas Flynn apenas fungou e olhou pela janela a torre do prédio da administração, tijolos vermelhos contra o céu. Finalmente disse:

— Acho que *eu* tenho algum problema, sr. Beckman, porque não posso, nem que fosse para salvar minha vida, ver por que seria da conta de alguém o que eu faço.

Não era de forma alguma o que o sr. Beckman esperava; identificado como era com Flynn, ainda achava difícil aceitar a curiosa amoralidade dessa atitude. Adotou uma linha firme:

— Você deve compreender — disse, tão delicadamente quanto possível — que todos somos guiados por um sistema de conduta formulado e aperfeiçoado por muitos séculos. Se esse sistema, ou qualquer parte importante dele, for destruído, toda a complexa estrutura da civilização desabará.

Contudo, mesmo quando dizia essas palavras familiares, ele compreendeu que elas eram, pelo menos nesse caso, irrelevantes, e notou desapaixonadamente que Flynn não o escutava. O sr. Beckman gostava de vê-lo mover-se, pois ele jamais assumia uma atitude feia ou constrangida. — E assim, você vê — concluiu para as costas do garoto — quando faz alguma coisa tão basicamente errada quanto a que fez, terá toda a sociedade organizada contra você, e será punido.

— Talvez. — Flynn empertigou-se, mantendo a armadura, armas na mão. — Mas ainda não entendo por que o que eu quero fazer é da conta de qualquer um além de mim mesmo. Afinal, não afeta mais ninguém, afeta? — Largou com barulho o equipamento na mala aberta, depois sentou-se de novo na cama e olhou para o sr. Beckman. — O senhor sabe que eu realmente gostaria de pôr as mãos naqueles dois — disse abruptamente, de cara fechada.

— Eles só estavam cumprindo o dever deles. Tinham de denunciá-lo.

— Acho que devia supor que eles estavam desconfiados, para começar... quando os vi ontem à noite, antes de subir para o quarto de Sawyer. Estavam rondando a sala comum, sussurrando. Sawyer achou que ia acontecer alguma coisa, mas eu disse: e daí?

— E daí vocês foram apanhados.

— É. — Ele corou e desviou o olhar. Parecia pela primeira vez muito jovem; o sr. Beckman sentiu pena.

— Até onde eu sei — disse devagar, permitindo que o outro readquirisse a compostura —, Sawyer foi para casa.

Flynn balançou a cabeça.

— Não. Está na hospedaria, esperando por mim. Eu calculei que eles podiam querer nos interrogar e achei que era melhor que fosse eu a responder. Ele foi para lá hoje de manhã bem cedo.

— Que tipo de rapaz é Sawyer? Acho que não o vi por aqui.

Flynn olhou-o surpreso.

— Claro que o viu. Ele é da equipe de atletismo. É o melhor corredor que nós temos.

— Ah, sim, claro.

O sr. Beckman não assistira a nenhuma das competições de atletismo. Achava que, depois de assistir aos jogos de futebol americano e beisebol, não queria muito ver a equipe de natação ou de atletismo, ou mesmo o famoso time de basquete da escola.

— Ele é pequeno demais para o futebol americano, e além disso não tem o temperamento certo para um jogador — disse Flynn profissionalmente. — Explode com muita facilidade e não trabalha em equipe...

— Entendo. E vocês são grandes amigos há muito tempo?

— Somos — disse Flynn, e fechou a mala com um estalo.

— Aonde acha que você vai agora? — perguntou o sr. Beckman, obscuramente ansioso para prolongar a entrevista.

— Para casa, e não vai ter muita graça. Eu só espero que minha mãe não tenha uma recaída nem nada parecido.

— Aonde irá Sawyer?

— Ah, vai pra faculdade comigo. Tem um diploma do ginásio. Não terá dificuldade pra entrar.

— Então vocês não estão realmente desencorajados com tudo isso?

— Por quê? Não me agrada o que aconteceu, mas também não vejo o que posso fazer a respeito agora.

— Você é muito sensato. Receio que se eu estivesse em seu lugar estaria muito perturbado.

— Mas o senhor *não* estaria em meu lugar, estaria, sr. Beckman? — Flynn deu um sorriso.

— Não, não, acho que não — disse o sr. Beckman, ciente de que fora abandonado muito tempo atrás e não tinha ninguém a quem recorrer agora, ninguém em quem pudesse confiar. Compreendeu que estava inteiramente só, e odiou Flynn por lembrar-lhe a longa e tediosa jornada à frente, por um interminável corredor cheirando a giz, onde cada passo o levava mais longe daquele desenho por um momento visto dentro de um dia lilás.

O sino tocou. Era hora de ir para a classe.

— Suponho que você vai partir para Boston no próximo trem.

Flynn balançou a cabeça.

— É, mas primeiro preciso devolver alguns livros à biblioteca; depois pego Sawyer na hospedaria. E partimos.

— Bem, boa sorte. — O sr. Beckman fez uma pausa. — Eu não sei se, afinal, nada disso importa muito — disse, num último esforço para consolar a si mesmo, além do outro.

— Não, também acho que não. — Flynn foi delicado. — Você foi muito legal em tudo isso...

— Não fale. A propósito, se quiser, eu devolvo os livros da biblioteca por você.

— Muito obrigado.

Flynn pegou três livros em cima da mesa e os entregou a ele.

O sr. Beckman hesitou.

— Você costuma ir a Boston? Quer dizer, acha que virá com frequência à cidade depois de entrar na universidade?

— Claro, acho que sim. Eu o informarei e podemos nos encontrar num fim de semana.

— Eu gostaria. Bem, adeus.

Apertaram-se as mãos e o sr. Beckman deixou o quarto, já atrasado para a aula. Do lado de fora, olhou os títulos dos livros que levava: um era um volume de documentos históricos (leitura obrigatória) e outro uma história policial. O terceiro era um volume de Keats. Ofuscado pelo sol, ele cruzou o quadrângulo, ciente que nada mais lhe restava fazer.

1950

ERLINDA E O SR. COFFIN

Sou uma dama em meados da vida, e morei por vários anos em Key West, na Flórida, numa casa que fica à distância de uma simples pedrada da base naval que os presidentes visitam.

Antes de eu contar, o mais próximo que for capaz, sobre o que ocorreu naquela noite terrível no Teatro-Ovo, acho que primeiro devo dar-lhes uma ideia daquilo a que a Providência julgou apropriado me reduzir. Eu venho originalmente de uma família da Carolina, não muito abençoada com os bens deste mundo, mas cuja linhagem, se posso me gabar disso com toda modéstia, é das mais elevadas. Há um ditado que diz que nenhuma legislatura do estado pôde jamais reunir-se sem a presença de um Slocum (meu nome de família) na Câmara Baixa; uma vistosa herança, devem admitir, e que em muito foi útil para me sustentar em minha viuvez.

Nos velhos tempos, minhas atividades sociais nesta cidade-ilha eram muitas, mas depois de 1929 me recolhi, por assim dizer, entregando todos os altos cargos que ocupava nas várias organizações que abundam em nossa cidade para uma certa Marina Henderson, esposa do magnata do camarão local e uma força cultural a ser levada em conta por estas bandas, não apenas por dispor de amplos meios, mas porque o nosso famoso Teatro-Ovo é filho de sua fervilhante imaginação; ela é a diretora administrativa, estrela e, às vezes, autora. Suas produções têm sido uniformemente bem vistas, uma vez que a renda vai para instituições beneficentes. Depois, também, o nada ortodoxo arranjo do interior do teatro causou muitos comentários interessantes, pois a ação, a que há, se passa numa plataforma oval ("a gema") em torno da qual a plateia se senta em cadeiras de campanha. Não há cortinas, claro, e assim os atores são obrigados a entrar e sair correndo, do saguão para a gema, atravessando os corredores com grande pressa.

Marina e eu somos boas amigas, embora porém não nos encontremos tanto quanto antes: ela agora anda com um grupo um tanto mais avançadinho que eu, buscando os residentes de inverno que compartilham suas avançadas opiniões, enquanto eu me atenho ao pequeno círculo que conheço, ô!, desde 1910, na verdade, quando vim da Carolina do Sul para Key West, acompanhada de meu marido, o sr. Bellamy Craig, que aceitara a posição de curador antes naquele ano, em um banco que viria a falir em 1929, ano de seu passamento. Mas claro que nenhuma premonição desse tipo empanou nosso casamento quando partimos, com malas e bagagens, para abrir nosso caminho em Key West.

Não preciso dizer que o sr. Craig era, em todos os sentidos, um cavalheiro, um marido devotado e, embora nossa união jamais se tenha realizado com a ansiada chegada dos pequenos, nós demos um jeito, ainda assim, de ter um lar feliz, que iria acabar mais cedo do que sugeri, pois quando ele morreu, em 1929, eu fiquei com a mais mínima das rendas, uma ninharia de minha avó materna na Carolina do Sul, e a casa. O sr. Craig infelizmente fora obrigado, pouco antes de morrer, a mandar pelos ares sua apólice de seguro, de modo que eu nem pude me agarrar a essa palha quando chegou a minha hora.

Deliberei se devia ou não entrar nos negócios, abrir um refinado restaurante, buscar uma posição em alguma casa de comércio estabelecida. Não fiquei muito tempo na dúvida, porém, sobre o curso a seguir. Pois, não desejando viver em nenhum outro lugar que não minha própria casa, decidi com certo sucesso, financeiramente pelo menos, reorganizá-la para que me proporcionasse uma renda por meio do deselegante mas necessário expediente de abrigar hóspedes pagantes.

Como a casa é espaçosa, não me dei mal no correr dos anos, e no devido tempo me acostumei a essa humilhante situação; e depois, também, era secretamente sustentada pela vívida lembrança de minha avó, Arabella Stuart Slocum, do condado de Wayne, que, quando reduzida de uma grande riqueza à penúria pela guerra, manteve a si e às crianças, viúva que ficou, aceitando roupa para lavar, sobretudo trabalho de passar, mas ainda de lavadeira. Eu lhes confesso que houve tempos à noite em que, sentada sozinha no quarto, ouvindo a pesada respiração dos hóspedes, me vi como uma moderna Arabella, vivendo, como ela, diante da adversidade, ainda inspirada por aqueles altos ideais que nós, ela, eu e todos os Slocuns, mantivemos em comum reverência desde tempos imemoriais no condado de Wayne.

E no entanto, apesar da adversidade, eu diria até recentemente que "venci de ponta a ponta", que em vinte anos como estalajadeira nem uma vez me vi diante de qualquer coisa desagradável, fui notadamente afortunada na escolha dos hóspedes pagantes, recrutando-os, como fiz, das fileiras daqueles que chegaram à "idade da discrição", como costumávamos dizer. Mas tudo agora deve ser posto no particípio passado, infelizmente.

No final de uma manhã de sábado, há três meses, eu estava no saguão tentando com muito pouco sucesso afinar o piano. Era uma verdadeira perita em afinação, mas meu ouvido não é mais o que era, confesso, sentindo uma certa frustração, quando o tocar da campainha interrompeu meus esforços. Esperando alguns parentes do meu falecido marido, que haviam prometido visitar-me nesse dia, corri a atender à porta. Não eram eles, porém; em vez disso, um cavalheiro alto e magro, de meia idade, que usava umas calças curtas feitas nas Bermudas, estava parado à minha porta e pedia permissão para entrar.

Como era meu costume, introduzi-o no saguão, onde nos sentamos nas duas cadeiras vitorianas estofadas que a avó de Craig me deixara em seu testamento. Perguntei-lhe em que lhe podia ser útil, e ele sugeriu que soubera que eu recebia hóspedes pagantes. Eu lhe disse que a informação era correta, e que por acaso me restava um quarto vazio, que ele pediu para ver.

O quarto agradou-lhe e, se posso dizê-lo eu mesma, é mesmo atraentemente mobiliado, com cópias originais Chippendale e Regência, compradas muitas anos atrás, quando, no primeiro ímpeto de nossa prosperidade, o sr. Craig e eu mobiliamos nosso ninho com objetos não apenas úteis, mas ornamentais. Há duas grandes janelas nesse quarto: uma dando para o sul e outra para o oeste. Da janela sul tem-se uma bela vista do mar, apenas em parte obstruída por uma construção de estuque cor-de-rosa chamada "Motel Nova Arcádia".

— Vai me servir muito bem — disse o sr. Coffin (muito cedo ele me dissera seu nome).

Mas então fez uma pausa, e não me atrevi a enfrentar seu olhar, pois achava que ele ia falar da raiz de todos os males, e, como sempre, me sentia pouco à vontade, pois jamais consegui desempenhar o papel de mulher de negócios sem uma certa vergonha, uma angústia que muitas vezes se comunica à pessoa com quem tenho de negociar, causando um sem fim de confusão para os dois. Mas não era de dinheiro que ele desejava falar. Se ao menos fosse! Se ao menos não tivéssemos ido mais longe em nosso trato um com o outro. "Chamar de volta o ontem", como observa o poeta, "mandar o tempo voltar!" Mas não ia ser, e o desejo não muda o passado. Ele falou então *dela*.

— Sabe, sra. Craig, devo dizer-lhe que não estou só.

Seria o sotaque inglês o que me dava aquele falso senso de segurança, criava um paraíso de tolos no qual eu iria morar feliz até o duro despertar? Não sei. Basta dizer que confiei nele.

— Não está só? — perguntei. — Viaja com alguma companhia? Um cavalheiro?

— Não, sra. Craig, uma mocinha... minha pupila... a srta. López.

— Mas eu receio, sr. Coffin, que eu só tenho livre no momento o quarto individual.

— Oh, ela pode ficar comigo, sra. Craig, nesse quarto. Sabe, ela só tem 8 anos.

Demos os dois uma boa risada, e minhas desconfianças, as que havia, foram afastadas na hora. Ele me perguntou se podia arranjar-lhe uma caminha, e eu disse claro, nada podia ser mais simples; e então, avaliando corretamente o valor do quarto pelo sinal na porta, ele me pagou uma semana adiantado, demonstrando sentimentos tão delicados com seu silêncio nessa conjuntura que me senti muito predisposta a seu favor. Despedimo-nos então em excelentes termos, e instruí minha criada-para-toda-obra a pôr o pequeno leito no quarto e espanar tudo com muito cuidado. Mandei-a até pôr melhores toalhas de banho, após o que fui jantar com meus primos que acabavam de chegar, com uma fome canina.

Somente na manhã seguinte vi a pupila do sr. Coffin. Estava sentada no saguão folheando um velho exemplar da *Vogue*.

— Bom dia — disse a menina, e, quando entrei na sala, levantou-se e fez uma cortesia, devo admitir que muito elegante. — Sou Erlinda López, pupila do sr. Coffin.

— Eu sou a sra. Bellamy Craig, sua anfitriã — respondi com igual cerimônia.

— Se importa se eu olhar suas revistas?

— Certamente que não — respondi, contendo o tempo todo a surpresa não apenas com suas boas maneiras e jeito de gente grande, mas com o fato inesperado de que a srta. López tinha inequivocamente uma tez escura, em suma, uma latina morena.

Devo dizer que, embora em muitos aspectos eu seja típica de minha época e classe, não tenho grandes preconceitos em questões de raça. Nossa família, mesmo nos tempos da escravidão, sempre foi boa para sua gente, e certa vez, quando criança, quando deixei a palavra proibida "crioulo" passar por meus lábios, fui obrigada a me submeter a uma completa limpeza oral por minha mãe, com uma barra de sabão forte. Contudo ainda sou, afinal, uma sulista, e não me agrada receber pessoas de cor em minha própria casa: chamem de intolerância, anacronismo, o que quiserem, é isso que eu sou. Imaginem então as ideias que me passaram pelo espantado cérebro! Que ia fazer? Havendo aceitado a semana de aluguel, não estava eu moralmente obrigada a aceitar o sr. Coffin e sua pupila continuassem em minha casa? Pelo menos até acabar a semana? Numa indecisão agônica, deixei o saguão e fui direto ao sr. Coffin. Ele me recebeu com toda cordialidade.

— Já conheceu Erlinda, sra. Craig?

— Conheci, de fato, sr. Coffin.

— Eu a acho muito inteligente. Ela fala francês, espanhol e inglês fluentemente, e lê italiano.

— Uma criança talentosa sem dúvida, mas *convenhamos*, sr. Coffin...

— Convenhamos o quê, sra. Craig?

— Quero dizer que eu não sou *cega*. Como pode ela ser sua pupila? Ela é... de cor!

Eu o dissera, e me senti aliviada: a gordura estava no fogo; não havia como voltar atrás.

— Muitas pessoas são, sra. Craig.

— Eu sei disso, sr. Coffin, mas não achei que sua pupila se incluísse entre elas.

— Então, sra. Craig, se isso ofende as suas sensibilidades, vamos procurar alojamentos em outra parte.

Oh, que insano impulso me fez rejeitar esse gesto dele? Que onda de *noblesse obligé* em meu peito me fez então recusar, e até mesmo cogitar, essa contingência? Não sei; basta dizer que terminei por pedir-lhe que ficasse com sua pupila, por tanto tempo quanto quisesse morar sob meu teto, pagando.

Quando passou a primeira semana, devo confessar que fiquei mais satisfeita com minha decisão, pois, embora não falasse a meus amigos que estava dando abrigo a uma pessoa de cor, descobri que Erlinda, ainda assim, era dona de considerável encanto e personalidade, e eu passava pelo menos uma hora todo dia em sua companhia, a princípio por um senso de dever, mas finalmente por um prazer bastante real com sua conversa, que, quando lembro agora (do prazer, quero dizer) me faz arder as faces de vergonha.

Descobri em nossas conversas que ela era, como eu desconfiava, órfã, e que viajara extensamente pela Europa e pela América Latina, passando os invernos em Amalfi, os verões em Veneza, e assim por diante. Não que acreditasse, mesmo por um instante, nessas histórias, mas eram tão encantadoras e indicavam um tal fundo de informação que eu tinha muito prazer em ouvir suas descrições do Lido, suas recitações de Dante, num italiano impecável, uma vez que eu jamais estudara outras línguas. Mas, como disse, aceitava aquelas histórias com o proverbial pé atrás, e de vez em quando conversava com o sr. Coffin, arrancando dele — até onde podia fazê-lo sem parecer enxerida — a história da vida de Erlinda.

Ela era filha de um boxeador cubano que percorrera muitas vezes a Europa, levando-a consigo nas viagens, cobrindo-a de todo luxo e contratando tutores para educá-la, com particular ênfase em idiomas, literatura mundial e porte. A mãe morrera poucos meses depois de Erlinda nascer. Parece que o sr. Coffins conhecera o lutador há vários anos, e como ele, o sr. Coffins, era inglês, fora possível uma amizade entre ambos; e como o sr. Coffin dispunha de meios independentes, podiam viajar juntos pela Europa, o sr. Coffin assumindo de vez em quando a responsabilidade pela educação de Erlinda.

Esta idílica existência encerrou-se abruptamente um ano antes, quando López foi morto no ringue por um siciliano chamado Balbo. Parece que o tal Balbo não era um desportista, e que pouco antes da luta conseguira ocultar um pedaço de cano de chumbo na luva direita, o que lhe possibilitou esmagar o crânio de López no primeiro *round*. Desnecessário dizer que foi grande o escândalo que se seguiu. Balbo foi declarado campeão de peso médio da Sicília, e o sr. Coffin, após protestar junto às autoridades, que não lhe deram ouvidos, partiu levando Erlinda consigo.

Como testemunharão meus amigos, eu me comovo facilmente com uma história de infortúnio, e por algum tempo tomei a pequena órfã em meu coração. Ensinei-lhe trechos da Bíblia que ela não estudara antes (deduzo que o sr. Coffin é um livre-pensador), e ela me mostrou os cadernos de recortes que mantivera, com o tutor, da carreira do pai como pugilista — e era um homem bonito, de acordo com as fotografias.

Por conseguinte, quando a semana acabou e o período de experiência, por assim dizer, chegou ao fim, eu lhes estendi indefinidamente a hospitalidade de minha casa; e logo um padrão de existência se formou. O sr. Coffin passava a maior parte dos dias catando conchas (era colecionador e, garantiram-me certas autoridades, descobridor de um novo tipo de concha de borda rósea), enquanto Erlinda ficava em casa, lendo, tocando piano ou conversando comigo sobre uma coisa ou outra. Conquistou meu coração, e não apenas o meu, mas também os dos meus amigos, que logo descobriram, como fazem os amigos, a incomum combinação que eu abrigava. Mas meus receios revelaram-se infundados, um pouco para minha surpresa, pois as damas de meu conhecimento não são notórias pela tolerância; contudo Erlinda encantou-as todas com sua conversa e suas encantadoras maneiras. Sobretudo Marina Henderson, que se sentiu não só imediatamente atraída por Erlinda pessoalmente, mas, e devo dizer que isso me espantou, professou ver na tespiana criança qualidades da mais alta ordem.

— Anote o que eu digo, Louise Craig — disse-me uma tarde, quando nos sentávamos no saguão, esperando Erlinda, que subira para pegar um de seus álbuns de recortes — essa criança vai ser uma atriz magnífica. Já ouviu a voz dela?

— Como estou constantemente em sua companhia por quase três semanas, eu *dificilmente* poderia deixar de tê-la ouvido — respondi secamente.

— Refiro-me ao timbre. À inflexão... parece veludo, estou lhe dizendo.

— Mas como pode ela ser atriz neste país, quando... bem, digamos que as oportunidades abertas a alguém com suas... *características* se limitem a um ou outro breve aparecimento como criada de uma dama?

— Isso está fora de questão — disse Marina, e seguiu matraqueando como sempre faz quando alguma coisa nova toma sua imaginação, ignorando todas as dificuldades, cortejando o desastre com uma bela exibição de alto espírito e mau julgamento.

— Talvez a criança não pretenda explorar seus talentos dramáticos — sugeri, inconscientemente desejando evitar o desastre.

— Bobagem — disse Marina, olhando-se no espelho vitoriano acima da lareira, admirando seus admiráveis cabelos ruivos com mudanças de tom de estação para estação, de década para década, como as folhas de outono. — Vou falar com ela sobre isto hoje à tarde.

— Tem alguma coisa em mente então? Algum papel?

— Tenho — ela disse, com um ar sonso.

— Não é...?

— É!

Desnecessário dizer que fiquei pasma. Durante vários meses nossa cidade-ilha fervilhava com rumores sobre a última obra de Marina, uma adaptação do velho clássico *Camille*, executada em verso branco e contendo facilmente o melhor papel para uma atriz desde que alguém se lembrava, o papel-título. A competição por esse magnífico posto fora acirrada, mas as demandas eram tão grandes que Marina hesitara em confiá-lo a qualquer das estrelas habituais, incluindo a si mesma.

— Mas jamais dará certo! — eu exclamei; minhas objeções foram abreviadas, porém, pelo aparecimento de Erlinda, e quando voltei a falar, a coisa estava feita, e Erlinda López recebera o papel estelar na *Camille* de Marina Henderson, baseada no romance *A dama das Camélias*, de Dumas, e no roteiro cinematográfico da srta. Zoe Akins.

É curioso, agora que penso nisso, como todos aceitaram como a coisa mais natural que Erlinda interpretasse uma mulher caucasiana de Paris, cuja vida privada não era o que devia ter sido. Só posso dizer, neste aspecto, que os que a ouviram ler o papel, e eu fui uma dessas pessoas, ficaram absolutamente deslumbrados pela emoção que ela comunicou àqueles diálogos *risqués*, assim como pela brilhante qualidade da voz que, na palavra do jornalista sr. Hamish, era "de ouro". O fato de ter apenas 8 anos e não passar de um metro e meio não perturbou ninguém pois, como disse Marina, é a *presença* que importa no palco, mesmo no Teatro-Ovo: maquiagem e iluminação cuidariam do resto. O único problema, para nós, era a questão meio espinhosa da raça, mas como esta é uma comunidade pequena, com certos árbitros sociais reconhecidos, a boa forma impede a maioria de questionar com muita sutileza as decisões dos nossos líderes, e como Marina ocupa uma posição de peculiar eminência entre nós, não houve, até onde eu sei, resmungos contra sua ousada escolha. A própria Marina, de longe nossa mais consumada atriz, deu-se a si mesma o papel menor da confidente de Camille, Cecília. Conhecendo-a como conheço, fiquei um tanto espantada por ela permitir que o papel estelar fosse para outra pessoa; mas então, lembrando que ela era, afinal, diretora e autora, eu via que iria se desdobrar demais se empreendesse tão árdua tarefa.

Não sei exatamente o que se passou durante os ensaios. Jamais fui convidada a assisti-los, e embora achasse que fora uma descoberta minha, para começar, não fiquei ressentida e procurei não interferir. Acabei sabendo, porém, que Erlinda estava magnífica.

Eu me sentava no saguão uma tarde com o sr. Coffin, costurando renda num vestido que nossa jovem estrela ia usar na primeira cena, quando Erlinda irrompeu na sala.

— Que foi que houve, criança? — perguntei, quando ela correu a enterrar o rosto no colo de seu guardião, grandes soluços sacudindo seu corpinho.

— Marina! — veio a queixa abafada. — Marina Henderson é uma...

Apesar de chocada pela cruel observação da criança, não pude deixar de concordar, em meu coração, que havia alguma verdade naquela arrasadora avaliação do caráter da minha velha amiga. Ainda assim, era meu dever defendê-la, e o fiz o melhor que pude, contando episódios importantes de sua vida para consubstanciar minha defesa. Mas antes que pudesse ao menos chegar à história muito importante de como ela se casara com o sr. Henderson, fui cortada por uma tirada de abuso contra minha velha amiga, causada, logo ficou claro, por uma briga que haviam tido sobre a interpretação que Erlinda fazia do seu papel, e que terminara com a usurpação do papel de Camille por Marina, apresentando ao mesmo tempo a Erlinda a terrível escolha de retirar-se inteiramente da companhia ou aceitar o papel de Cecília, até então desempenhado pela própria autora.

Desnecessário dizer que ficamos todos em polvorosa durante 24 horas. Erlinda não queria comer nem dormir. Segundo o sr. Coffin, ela andara de um lado para outro a noite toda, ou pelo menos até quando ele adormecera, e ao acordar de manhã cedo, a viu sentada amargurada junto à janela, pálida e exausta, as roupas de sua cama intocadas.

Aconselhei cautela, sabendo a influência que Marina tinha na cidade, e meu conselho foi devidamente seguido quando, com o coração partido mas o passo altivo, Erlinda retornou ao palco no papel de Cecília. Soubesse eu o fruto do meu conselho, haveria arrancado minha língua pela raiz antes de aconselhar Erlinda como fiz. Em minha defesa, só posso dizer que agi por ignorância, não por maldade.

A noite de estreia viu um público tão brilhante quanto se poderia esperar em Key West. A nata da sociedade local estava lá, além de vários do séquito do presidente e um verdadeiro dramaturgo de Nova York. Vocês provavelmente ouviram muitas versões conflitantes sobre aquela noite. Todo mundo no estado da Flórida hoje afirma haver estado presente, e, a ouvir-se as histórias que algumas pessoas presentes contam, se pensaria que estavam a 150 quilômetros de distância do teatro naquela noite fatídica. Seja como for, *eu* estava lá com meu véu branco sobre uma base azul, abanando o falso leque de garça real que tinha havia vinte anos, presente do sr. Coffin.

O sr. Coffin e eu nos sentamos juntos, febris de excitação com o muito esperado *début* de nossa jovem estrela. Também a plateia parecia haver sentido que alguma coisa notável aconteceria, pois quando, no meio da primeira cena, Erlinda apareceu com um vestido cor de orquídea, ouviram-se sonoros aplausos.

*

Quando nos sentamos para os quinto e sexto atos, todos sabíamos que Erlinda triunfara. Nem mesmo no cinema eu vira uma tal atuação! Nem ouvira voz tão magnífica! A pobre Marina parecia, em comparação, uma desleixada de Memphis, e ficou óbvio para todos que estava furiosa por ter seu brilho roubado em sua própria produção.

Ora, no último ato de *Camille* há uma cena particularmente bonita e tocante, em que a heroína jaz numa *chaise-longue*, usando um fluido *negligée* de raiom branco. Tem a seu lado uma mesa com um castiçal de prata, contendo seis velas acesas, uma taça de camélias de papel e alguns lenços. A cena começava mais ou menos assim:

— Oh, ele não virá nunca? Diz-me, doce Cecília, vês a carruagem dele aproximando-se da janela?

Cecília (Erlinda) finge olhar pela janela e responde:

— Não há ninguém na rua além de um velho vendendo os jornais vespertinos.

A linguagem, como vêem, é poética e parte do melhor que Marina escreveu até hoje. Depois vem um ponto na ação, o grande momento da peça, quando Camille (não é o verdadeiro nome da personagem, pelo que entendo, mas Marina a chamou assim, para não confundir a plateia), após um realístico acesso de tosse, ergue-se sobre os cotovelos e exclama:

— Cecília! Está escurecendo. Ele não veio. Acende mais velas, estás me ouvindo? Preciso de mais luz!

Então aconteceu. Erlinda pegou o castiçal e ergueu-o no alto por um instante, um esforço sobre-humano, uma vez que era maior que ela; depois jogou-o em Marina, que na mesma hora pegou fogo. Desencadeou-se o pandemônio no teatro. Marina, uma coluna de fogo, saiu correndo por um dos corredores e para a noite lá fora:

foi abafada finalmente por dois policiais que conseguiram extinguir as chamas, após o quê levaram-na para o hospital, onde ela hoje reside, passando neste momento pelo vigésimo quarto transplante de pele.

Erlinda permaneceu no palco tempo suficiente para fazer a *sua* leitura da grande cena de Camille, que, segundo os que estavam perto o suficiente para ouvi-la, foi de fato esplêndida. Depois, concluída a cena, deixou o teatro e, antes que o sr. Coffin ou eu pudéssemos alcançá-la, foi presa sob acusação de lesões corporais, e encarcerada.

Minha história, porém, ainda não acabou. Fosse só isso, eu poderia haver dito: o que passou, passou. A ré é apenas uma criança, e Marina a magoou, mas durante a investigação posterior revelou-se ao chocado público que Erlinda se casara legalmente com o sr. Coffin na Igreja Eritreia Reformada de Cuba vários meses antes, e um exame médico provou, ou assim disse a defesa, que ela tem na verdade 41 anos, uma anã, a mãe e não filha do pugilista López. Até hoje as complicações legais que se seguiram ainda não se desenrolaram de modo a convencer o tribunal.

Felizmente, nessa época, pude valer-me de umas muito necessárias férias na Carolina, onde fiquei com parentes do condado de Wayne até a encrenca em Key West se abater um pouco.

Agora visito Marina regularmente, e ela começa a parecer mais ou menos o que era antes, embora os cabelos e sobrancelhas hajam desaparecido para sempre e ela tenha de usar peruca quando finalmente se levantar do seu leito de dor. Só uma vez se referiu a Erlinda em minha presença, pouco depois de minha volta do norte, quando observou que a criança era inteiramente inadequada para o papel de Camille, e que se tivesse de fazer tudo de novo, e feitas todas as contas, ainda a despediria.

1951

PÁGINAS DE UM DIÁRIO ABANDONADO

I

30 de abril de 1948

Após ontem à nōite, eu tinha certeza de que eles não iam querer me ver de novo, mas evidentemente estava errado, porque hoje de manhã recebi um telefonema de Steven — ele o soletra com "V" — me perguntando se eu podia ir a uma festa no apartamento de Elliot Magren, na Rue du Bac. Eu devia ter dito "não", mas não o fiz. É engraçado: quando me decido a *não* fazer alguma coisa, sempre acabo por fazê-la, como conhecer Magren, ver qualquer uma dessas pessoas de novo, sobretudo após ontem à noite. Bem, creio que é experiência. Que foi que Pascal escreveu? Não me lembro do que Pascal escreveu — outro sinal de fraqueza: devia procurar quando não lembro; o livro está bem aqui na mesa, mas a ideia de folhear todas essas páginas é desencorajadora, e por isso eu passo adiante.

Seja como for, agora que estou em Paris, tenho de aprender a ser mais adaptável, e creio, no final das contas, que me conduzi muito bem... até ontem à noite no bar, quando denunciei todo mundo. Certamente jamais pensei que tornaria a ver Steven: por isso fiquei tão surpreso ao receber seu telefonema hoje de manhã. Ele ainda terá esperança depois do que eu contei? Não vejo como. Fui *implacavelmente* franco. Disse que não estava interessado, que não me importava com o que os outros faziam etc., desde que me deixassem em paz, que ia me casar no outono, quando voltasse aos EUA (ESCREVER PARA HELEN) e que não vou entrar em nada disso, nunca entrei e nunca entrarei. Também disse a ele, em termos bastante claros, que é muito constrangedor um homem adulto ser tratado como um idiota cercado por um bando de Don Juans esfarrapados de meia-idade, tentando enfiar as garras nela... nele. De qualquer modo, realmente o desanquei antes de ir embora. Mais tarde me senti um tolo, mas estava satisfeito por deixar isso registrado de uma vez por todas: agora sabemos em que pé estamos, e se eles estiverem dispostos a me aceitar nos *meus* termos, assim como sou, não há motivo para que não os veja de vez em quando. Foi por isso na verdade que concordei em conhecer Magren, que me parece muito interessante pelo que todos dizem dele, ao menos naqueles círculos que devem ser os maiores e mais ativos em Paris nesta primavera. Bem, não devo me queixar: esta é a vida boêmia que eu queria ver. Apenas não há muitas garotas dando sopa, por motivos bastante óbvios. Na verdade, a não ser por encontrar Hilda Devendorf na American Express ontem, não vi uma garota americana com quem conversar nas três semanas que estou aqui.

Meu dia: após o telefonema de Steven, trabalhei durante duas horas e meia em "Nero e as Guerras Civis". Às vezes gostaria de ter escolhido um tema menor para o doutorado, não que não goste da época, mas é deprimente ter de aprender alemão para ler um monte de livros baseados em fontes disponíveis para todos: eu poderia fazer a coisa toda a partir de Tácito, mas isso seria tapeação, sem bibliografia, notas de pé de página, disputas acadêmicas para registrar e julgar. Depois, embora o dia estivesse nublado, dei um longo passeio até as Tulherias no outro lado do rio, onde os jardins estavam lindos. Quando virava na Rue de l'Université para voltar para casa, começou a chover e me molhei. Na recepção, madame Revenel me disse que Hilda havia ligado. Liguei de volta, e ela disse que estaria em

Deauville na sexta-feira, visitando algumas pessoas donas de um hotel, e perguntou se eu não queria ir também. Disse que poderia ser e anotei o endereço. Ela é uma boa garota. Fizemos o ginásio juntos em Toledo; perdi-a de vista quando fui para Columbia.

Jantei lá no restaurante (vitela, batata frita, salada e uma coisa parecida com uma torta, mas muito boa. Gosto como madame Revenel cozinha). Ela conversou comigo durante o jantar inteiro, muito rápido, o que é bom, porque, quanto mais rápido fala, menos chance a gente tem de traduzir na cabeça. As únicas pessoas no restaurante além de nós eram o professor de Harvard e sua esposa. Os dois leem enquanto comem. Ele deve ser alguém importante no departamento de Inglês, mas eu nunca ouvi falar dele. Em Paris é assim: supõe-se que todos são importantes, apenas a gente nunca ouviu falar deles. O professor de Harvard estava lendo uma história policial e a esposa, a vida de Alexander Pope.

Cheguei à Rue du Bac por volta de dez e meia. Steven abriu a porta, berrando:

— O belo Peter!

Era mais ou menos o que eu esperava. Seja como for, entrei rápido na sala... se estão bêbados, podem tentar beijar a gente, e não havia sentido em começar com o pé errado de novo, mas felizmente ele não tentou. Mostrou-me o apartamento, quatro grandes cômodos dando uns para os outros; aqui e ali, uma velha cadeira encostada contra a parede, e isso era todo o mobiliário até chegarmos ao último quarto, onde, numa grande cama com um baldaquino rasgado, se deitava Elliot Magren, inteiramente vestido, recostado em almofadas. Todas as lâmpadas tinham um tom avermelhado. Acima da cama, uma pintura de um homem nu, obra de um famoso pintor do qual eu jamais ouvira falar (ler Berenson!).

Havia cerca de uma dezena de homens no quarto, a maioria de meia-idade e usando caros ternos justos. Reconheci um ou dois deles da noite passada. Cumprimentaram com a cabeça, mas não fizeram alarde. Steven apresentou-me a Elliot, que não deixou a cama quando nos apertamos as mãos; em vez disso, puxou-me para seu lado. Tinha um punho surpreendentemente forte, em vista de como era pálido e magro. Mandou Steven preparar-me um drinque. Depois me lançou um olhar sério e perguntou-me se queria um cachimbo de ópio. Eu disse que não usava drogas e ele não respondeu nada que fosse incomum: em geral, fazem-nos um discurso sobre como é bom para a gente, ou então começam a defender-se contra o que julgam uma censura moral. Pessoalmente, eu não ligo para o que os outros fazem. Na verdade, acho tudo isso muito interessante, e às vezes me pergunto o que a turma lá em Toledo pensaria se pudesse me ver num apartamento da Rive Gauche em Paris com um prostituto que usa drogas. Lembrei-me dos colegiais que mandaram a T. S. Eliot o disco *You've Come a Long Way From St. Louis*.

Antes que eu descreva o que se passou, é melhor anotar o que ouvira falar de Magren, uma vez que ele já é uma lenda na Europa, pelo menos nesses círculos. Não sei o que esperava, a não ser alguma coisa glamourosa, como uma estrela de cinema. Ele tem cerca de um metro e oitenta e pesa uns 80 quilos. Tem cabelos negros lisos que lhe caem na testa; olhos também negros. Os dois lados do rosto não combinam, como o de Oscar Wilde, embora o efeito não seja desagradável como devia ser o rosto de Wilde, a julgar pelas fotos. Devido às drogas, é de uma palidez incomum. Voz grave, ainda com sotaque do sul dos Estados Unidos; não pegou aquele falso sotaque britânico que tantos americanos pegam após cinco minutos aqui. Nasceu em Galveston, Texas, há cerca de 36 anos. Quando tinha 16, foi pego na praia por um barão alemão que o levou consigo para Berlim. (Eu sempre fico pensando em detalhes como este numa história: o que disseram os pais sobre um estranho que vai embora com seu filho? Houve uma cena? Eles sabiam do que se passava?) Elliot então passou vários anos em Berlim na década de 1920, que foram os grandes dias. Calculo que os garotos alemães eram afetuosos: tudo parece muito repugnante. Então ele teve uma briga com o barão e deu o fora, sem dinheiro, sem nada além das roupas do corpo, de Berlim para Munique. Nos arredores desta última cidade, um grande carro parou e o chofer disse que o dono gostaria de dar-lhe uma carona. O dono revelou ser um milionário armador do Egito, muito velho e gordo. Ficou intrigado com Elliot e levou-o numa excursão de iate pelo Mediterrâneo. Mas o rapaz não o suportava, e quando o navio chegou a Nápoles, Elliot e um marinheiro grego fugiram do navio, após roubarem 2 mil dólares do camarote do egípcio. Foram para Capri, onde se instalaram no mais caro hotel e se divertiram à beça até o dinheiro acabar e o marinheiro abandonar Elliot por uma americana rica. Elliot estava na iminência de ir para a cadeia por não pagar a conta quando lorde Glenellen, que se registrava no estabelecimento, o viu e mandou a polícia soltá-lo, pois *ele* pagaria tudo. Mais uma vez: como ia Glenellen saber que valeria a pena ajudar àquele estranho? Quer dizer, não se sabe, só de olhar para Steven, que ele é bicha. E se não fosse? Bem, talvez o soldado que encontrei em Okinawa na noite do furacão tivesse razão: eles sempre se reconhecem, como os maçons. Glenellen manteve Elliot durante vários anos. Foram juntos para a Inglaterra, e Elliot foi subindo cada vez mais nos círculos aristocráticos, até reconhecer o falecido rei Basílio, que então era príncipe. Basílio apaixonou-se e foram viver juntos até o príncipe tornar-se rei. Não se viram muito depois disso, porque a guerra começou e Elliot foi viver na Califórnia. Basílio morreu durante o conflito, deixando-lhe uma pequena pensão da qual ele vive hoje. Na Califórnia, Elliot interessou-se pelo Vedanta e tentou parar de tomar drogas e levar uma vida tranquila, se não normal. As pessoas dizem que ficou bem durante vários anos, mas quando a guerra acabou ele não resistiu a voltar à Europa. Agora não faz nada além de fumar ópio, a vida de cortesã masculina praticamente encerrada. Foi uma longa história, mas estou satisfeito por haver anotado tudo, porque é interessante e ouvi tantos pedaços soltos dela desde que cheguei que ajuda a esclarecer muitas coisas simplesmente anotá-la em meu diário. Passa das quatro da manhã e eu já estou de ressaca da festa, mas vou acabar, por simples disciplina. Parece que nunca acabo nada, o que é um mau sinal, Deus sabe.

Enquanto me sentava na cama com Elliot, Steven trouxe-lhe seu cachimbo de ópio, uma coisa comprida de madeira pintada, com um bocal de metal. Ele inalou profundamente, segurando a fumaça nos pulmões enquanto pôde; depois exalou o claro fumo de cheiro medicinal, e se pôs a falar. Não me lembro de uma palavra do que disse. Mas sabia que era provavelmente a conversa mais brilhante que já ouvira. Talvez fosse o cenário, certamente provocativo, ou talvez eu houvesse inalado um pouco do ópio, o que me pôs num clima receptivo, mas, fosse o que fosse, fiquei ouvindo-o, fascinado, sem querer que parasse. Enquanto falava, mantinha os olhos fechados, e de repente percebi por que os abajures eram vermelhos: os olhos dos viciados em drogas são hipersensíveis à luz; sempre que ele os abria, piscava dolorosamente, e as lágrimas escorriam-lhe pelas faces, reluzindo como pequenos rubis na luz avermelhada. Ele me falou de si, pretendendo ser um moderno Candide, simples e perplexo, mas na verdade devia ser muito diferente, mais calculista, mais cheio de recursos. Depois perguntou sobre mim e eu não soube se estava realmente interessado ou não, porque ele tinha os olhos fechados e é esquisito falar com alguém que não nos vê. Falei-lhe de Ohio, do ginásio, da universidade, e agora Columbia e o doutorado que estou tentando fazer em História, e do fato de que quero ensinar, casar-me com Helen. Mas enquanto falava eu não podia deixar de pensar em como minha vida devia parecer-lhe chata. Abreviei-a. Não podia competir com ele, nem queria. Então ele me perguntou se eu o veria uma noite, sozinho, e eu disse que gostaria, mas — e isso foi completamente no impulso do momento — ia para Deauville no dia seguinte, com uma garota. Não sei se Elliot ouviu qualquer coisa disso, porque nesse instante Steven me puxou da cama e tentou fazer-me dançar com ele, o que eu não quis, para divertimento dos outros. Então Elliot adormeceu, por isso me sentei e conversei algum tempo com um decorador de interiores de Nova York, e, como sempre, fiquei embasbacado com a quantidade de coisas que essas pessoas conhecem: pintura, literatura, arquitetura — onde aprendem isso tudo? Fiquei sentado como um completo idiota, supostamente culto, quase um PhD, e eles falando em círculos à minha volta: Fragonard, Boucher, Leonore Fini, Gropius, Sachverell, Sitwell, Roland Firbank, Jean Genet, Jean Giono, Jean Cocteau, o corpo de Jean Brown jaz acumulando mofo em Robert Graves. Ao diabo com todos eles. Estou com a pior dor de cabeça e lá fora amanhece. Lembrar de escrever para Helen, ligar para Hilda sobre Deauville, estudar alemão por duas horas amanhã em vez de uma, começar a aprimorar o latim de novo, ler Berenson, comprar um livro sobre arte moderna (que livro?), ler Firbank...

II

21 de maio de 1948

Outra briga com Hilda. Desta vez por causa de religião. Ela pertence à Ciência Cristã. Tudo começou quando me viu tomando duas aspirinas hoje de manhã por causa da ressaca de ontem à noite. Fez-me um sermão sobre Cristo, os cientistas cristãos, e tivemos uma longa briga na praia (que estava maravilhosa hoje, sem muita gente nem quente demais) sobre Deus. Hilda parecia mais que nunca uma grande foca dourada. É uma boa moça, mas, como tantas que vão a Bennington, acha que tem de estar continuamente alerta para a vida ao seu redor. Acho que hoje à noite vamos para a cama juntos. Lembrar de pegar loção de bronzear, trocar dinheiro no hotel, concluir Berenson, estudar gramática alemã! Ver se há algum Firbank em brochura.

22 de maio de 1948

Não foi um grande sucesso ontem à noite. Hilda continuou falando o tempo todo, o que me desanima, também é muito mais mole do que parece, e me fez sentir como se afundasse num colchão de penas. Acho que não tem ossos, só uma teia elástica. Bem, talvez hoje à noite seja melhor. Ela pareceu satisfeita, mas também, acho que gosta mais da ideia do que da coisa em si. Contou-me que teve seu primeiro caso aos 14 anos. Tivemos outra discussão sobre Deus. Eu lhe disse que as provas eram tênues, mas ela respondeu que prova não tem nada a ver com fé. Contou-me uma longa história de que a mãe teve câncer no ano passado, não quis consultar um médico e o câncer foi embora. Não tive coragem de dizer-lhe que os dias de sua mãe estavam desagradavelmente contados. Tivemos um jantar maravilhoso naquele lugar à beira-mar, lagosta, *moules*. Escrever para Helen.

24 de maio de 1948

Uma briga com Hilda, desta vez sobre Helen, a quem ela mal conhece. Acha Helen pretensiosa. Eu disse:
— Quem não é?
Ela disse que muita gente. Eu disse:
— Me diga um.
Ela disse que *ela* não era pretensiosa. Eu então lhe disse todas as coisas pretensiosas que ela dissera na semana passada, começando com a discussão sobre a importância de uma aristocracia e terminando com o atonalismo. Ela então me disse todas as coisas pretensiosas que eu dissera, coisas que eu ou não me lembrava de haver dito ou que ela distorcera. Fiquei tão furioso que saí pisando forte do

quarto e não voltei; melhor assim. Fazer sexo com ela é o mais chato passatempo em que posso pensar. Fui para o meu quarto e li Tácito em latim, para praticar.

Minhas queimaduras de sol estão melhores, mas acho que estou com algum problema hepático. Espero que não seja icterícia: uma sensação de ardência na região do fígado.

25 de maio de 1948

Hilda estava muito fria hoje de manhã quando nos encontramos na praia. Belo dia. Sentamo-nos na areia com um metro entre os dois, e eu não parava de pensar em como ela vai ficar gorda nos próximos anos, servindo apenas para parir. Também pensei satisfeito nos agônicos partos "sem dor" que ela teria de suportar por causa da Ciência Cristã. Estávamos começando a brigar sobre a pronúncia de uma palavra francesa quando Elliot Magren apareceu — a última pessoa no mundo que eu esperava ver num brilhante meio-dia na praia. Ele andava devagar, usando óculos escuros e calção roxo. Notei com surpresa como tinha o corpo liso e juvenil, como o de um garoto. Não sei o que esperava; uma coisa macilenta e oca, suponho, devastada pelas drogas. Ele se aproximou de mim como se esperasse me encontrar ali mesmo onde eu estava. Apertamo-nos as mãos e apresentei-o a Hilda, que felizmente não o entendeu desde o início. Ele estava tão encantador quanto sempre. Parece que veio a Deauville sozinho — detestava o sol mas adorava a praia — e, em resposta à dourada pergunta inevitável de Hilda, não, não era casado. Eu queria contar tudo a ela, só para ver o que acontecia, quebrar por um instante aquela radiante complacência, mas não o fiz.

27 de maio de 1948

Bem, esta tarde Hilda decidiu que era hora de voltar a Paris. Levei sua mala até a estação e não brigamos nem uma vez. Ela estava pensativa, mas eu não ofereci o habitual vintém pelos seus pensamentos. Não falou em Elliot e eu não tenho ideia do quanto desconfia; de qualquer modo, não é da sua conta, nem tampouco da minha. Mas acho que fiquei quase tão chocado quanto ela quando ele voltou para o hotel hoje de manhã com um menino de 14 anos. Estávamos sentados no terraço tomando café quando Elliot, que deve ter-se levantado muito cedo, apareceu com o tal garoto. Até o apresentou a nós, e o diabinho não ficou nem um pouco constrangido, supondo, calculo, que nós também estávamos interessados nele. Então Elliot o levou para seu quarto e, enquanto permanecíamos sentados em perfeito silêncio, Hilda e eu ouvimos no quarto dele, no primeiro andar, o áspero som da risada do menino. Não muito depois Hilda decidiu voltar para Paris.

Escrevi uma longa carta a Helen, estudei gramática latina. Tenho mais medo do meu latim que de qualquer coisa tanto nas provas escritas quanto nas orais; parece que não consigo concentrar-me, reter todos aqueles verbos irregulares. Bem, já cheguei até aqui. Provavelmente irei bem.

28 de maio de 1948

Esta manhã bati na porta do quarto de Elliot por volta das 11 horas. Ele me pedira que o buscasse a caminho da praia. Quando ele gritou "Entre!", entrei e o encontrei junto com o menino no chão, nus em pelo, montando as peças do brinquedo Meccano. Os dois pareciam concentrados na construção de uma coisa complicada, com rodas e roldanas, com um esquema entre eles. Eu me apressei a desculpar-me, mas Elliot me mandou ficar, iam acabar num instante. O menino, da cor de terracota, me deu um sorriso perverso. Então Elliot, sem o menor constrangimento, saltou de pé e pôs um calção e uma camisa. O menino também se vestiu, e saímos para a praia, onde o menino nos deixou. Eu fui direto. Perguntei a Elliot se aquele tipo de coisa não era muito perigosa, e ele disse que sim, provavelmente era, mas a vida era curta e ele não temia nada, a não ser drogas. Contou-me então que fizera um tratamento de choque elétrico numa clínica pouco antes de eu conhecê-lo. Agora, finalmente, deixara o ópio e esperava que a cura fosse definitiva. Descreveu o processo, que pareceu terrível. Parte de sua memória se fora; ele quase nada lembrava de sua infância. Mas estava feliz em relação a isso: afinal, só acreditava no presente... Então, quando lhe perguntei se sempre se interessava por meninos, respondeu que sim, e fez uma piada a respeito dizendo que, como perdera a memória de sua própria infância, teria de viver uma nova com um menino.

29 de maio de 1948

Tive uma estranha conversa com Elliot ontem à noite. André foi para sua casa às 6 horas, e Elliot e eu jantamos cedo na sacada. Uma bela noite; o mar verde à última luz, uma lua nova. Comendo linguado fresco do Canal, contei-lhe tudo sobre Jimmy, coisas que eu mesmo quase havia esquecido, quisera esquecer. Contei-lhe que tudo começara aos 12 anos, sem plano nem pensamento, nem sequer reconhecimento, até que, aos 17, eu fui para o exército e ele para os fuzileiros e uma morte rápida. Depois do exército, conheci Helen e esqueci-o completamente; sua morte, como o tratamento de choque de Elliot, levou consigo toda lembrança, mil dias de verão abandonados numa ilha de coral. Não me lembro agora por que diabos falei de Jimmy a Elliot; não que me envergonhe, mas afinal era uma coisa íntima, uma coisa quase esquecida. Seja como for, quando acabei fiquei ali sentado no escuro, não ousando olhá-lo, tremendo, quando de repente a onda de calor deixou a areia em nossa volta, e tive aquela terrível sensação que sempre tenho quando percebo tarde demais que falei muito. Finalmente, Elliot falou. Fez-me um estranho e desconjuntado discurso sobre a vida, o dever para conosco mesmos, que o momento é tudo que a gente tem, e que é desonroso nos enganarmos sobre isso. Não tenho certeza de que ele tenha dito alguma coisa muito útil ou muito original, mas ali, sentado no escuro, escutando, suas palavras tinham uma estranha urgência para mim, e senti, de certa forma, que ouvia um oráculo.

1º de junho de 1948

Pouco antes do almoço, a polícia veio prender Elliot. Por sorte, eu estava na praia e perdi a coisa toda. O hotel está em polvorosa, e o gerente age feito um louco. Parece que André roubou a câmera de Elliot. Os pais descobriram e perguntaram-lhe onde ele a obtivera. O moleque não quis dizer. Quando eles o ameaçaram, disse que fora Elliot quem lhe dera a câmera, e então, para tornar a história digna de crédito, disse que Elliot tentara seduzi-lo. Todo o sórdido assunto então seguiu a lógica: pais à polícia, polícia a Elliot, prisão. Eu fiquei sentado trêmulo na sacada, imaginando o que fazer. Estava... estou com medo. Enquanto ali estava, um *gendarme* veio até a sacada e disse que Elliot queria me ver, na prisão. O cavalheiro queria saber o que eu sabia do sr. Magren. Era clara a sua opinião sobre *mim*: mais um *pédéraste americain*. Minha voz tremeu e minha garganta secou quando lhe disse que mal conhecia Elliot; acabara de conhecê-lo; nada sabia de sua vida privada. O *gendarme* deu um suspiro e fechou seu caderno de notas: as acusações contra Elliot eram *très graves, très graves*, mas eu poderia vê-lo amanhã de manhã. Então, percebendo que eu estava nervoso e não cooperava, o *gendarme* deu-me o endereço da prisão e foi-se embora. Eu fui direto para meu quarto e fiz as malas. Não pensei duas vezes. Queria apenas dar o fora de Deauville, de Elliot, do crime... e *era* um crime, tenho certeza. Estava de volta a Paris a tempo de pegar o jantar no hotel.

4 de junho de 1948

Topei com Steven no Café de Flore e perguntei-lhe se soubera alguma notícia de Elliot. Ele tomou a coisa toda como brincadeira: sim, Elliot ligara para um amigo comum que era advogado e estava tudo bem. Gastou-se dinheiro; as acusações foram retiradas e Elliot ia ficar mais uma semana em Deauville, sem dúvida para estar perto de André. Eu fiquei chocado mas aliviado ao saber disso.

Não me orgulho da minha covardia, mas não queria ser arrastado para uma coisa que mal compreendia.

Vi de relance Hilda com um colegial, rindo e tagarelando, quando eles deixavam a *brasserie* do outro lado da rua. Enfiei-me atrás de um quiosque, não querendo que ela me visse. Escrever para Helen. Ver o médico sobre a cera no ouvido. Comprar ingressos para o balé de Roland Petit.

III

26 de dezembro de 1953

A mais hedionda ressaca! Como eu detesto o Natal, sobretudo este. Comecei ontem à noite no Capice, onde a gerência deu uma festa, absolutamente lotada. A nova sala é estonteante, para minha surpresa: paredes negras, balsa branca mas nada "artístico", efeito de estrelas no teto. Só o estofamento dos móveis é realmente *mauvais goût*: veludo AÇAFRÃO! Mas também, Piggy não tem senso de cor, e porque alguém não o deteve, eu jamais saberei. Todas as cansadas velhas caras estavam lá. Todo mundo vai ao balé, menos eu, e houve todo aquele papo de sempre sobre quem estava dormindo com quem, que chatice. Quer dizer, quem liga para quem... com quem os dançarinos dormem? Embora alguém dissesse que Niellsen estava tendo um caso com o dr. Bruckner, o que é uma surpresa, em vista da confusão que houve em Fire Island no verão passado exatamente por isso. Seja como for, eu bebi martínis de vodca demais e, a propósito, conheci o dramaturgo inglês Robert Gammadge, que não é nem um pouco atraente, embora tenha escrito a maior peça, para mim. Ele deve ser bastante chato, mas fatura toneladas de dinheiro. Estava com o pavoroso Dickie Mallory, cuja vida inteira é dedicada a conhecer celebridades, mesmo as erradas. Desnecessário dizer que estava no sétimo céu com seu dramaturgo a reboque. Eu não entendo gente como Dickie: que graça há em bancar sempre o segundo violino? Depois de Capice, fui ao novo apartamento de Steven na beira do rio; é uma casa de hóspedes remodelada, e devo dizer que é divertida, e a mesa Queen Anne que lhe vendi parece um perfeito céu em sua sala de visitas, isso eu digo em favor dele: Steven é uma das poucas pessoas que tem o bom senso de pôr uma bela peça numa sala. Havia muito pouca gente lá, e tomamos champanha de Nova York, que é bebível quando a gente já está cheio de vodca. Desnecessário dizer que Steven me puxou a um canto para me perguntar sobre Bob. Eu gostaria que as pessoas não fossem tão solidárias; não que sejam mesmo, claro, mas acham que devem *fingir* que são: na verdade são apenas curiosas. Eu disse que Bob *parecia* bem quando o vi no mês passado. Não entrei em nenhum detalhe, embora Steven fizesse o possível para arrancar-me toda a história. Por sorte, hoje tenho um bom controle sobre mim mesmo e posso falar calmamente sobre o rompimento. Sempre digo a todo mundo que espero que Bob se dê bem em seu novo negócio, e que ele anda bebendo de novo, o que significa que está ocupado correndo atrás de homem nas ruas e se metendo em encrenca. Bem, estou fora disso agora, e qualquer dia desses encontro alguém — embora seja engraçado como é raro a gente encontrar gente de fato atraente. Havia um belo sueco na casa de Steven, mas eu não peguei o nome dele e de qualquer forma ele está se hospedando na casa daquele vendedor de fitas da Madison Avenue Store. Depois da casa de Steven, fui para uma verdadeira farra no Village: um apartamento estúdio, lotado de gente, e dezenas de caras novas também. Eu desejaria agora não ter ficado tão bêbedo, porque havia algumas pessoas realmente atraentes lá. Estava decidido a ir para casa com um, mas o amigo interveio no último instante, e pareceu por um momento que ia haver um verdadeiro pau, antes que o anfitrião nos separasse. Não peguei o nome do anfitrião, acho que é da publicidade. Assim, acabei sozinho. Preciso ligar para o médico sobre as pílulas para hepatite, escrever a Leonore Fini, verificar as contas do mês passado (recibo do Sheraton desaparecido), ligar para a sra. Blaine-Smith a respeito do sofá.

27 de dezembro de 1953

Finalmente tomei chá com a sra. Blaine-Smith hoje, uma das mais belas mulheres que já conheci, tão autentica, chique e elegante. Estou irremediavelmente devendo a Steven por nos reunir: ela praticamente mantém a loja funcionando. Recebeu apenas seis ou sete pessoas para o chá, muito *en famille*, e eu não poderia ficar mais surpreso e satisfeito quando me pediu para ficar. (Espero que saiba o desconto que lhe dei naquele sofá Hepllewhite.) Seja como for, um de seus convidados era um conde italiano muitíssimo simpático, embora não atraente. Sentamo-nos juntos na deliciosa otomana da biblioteca e conversamos sobre a Europa depois da guerra: que época foi aquela! Eu lhe disse que não voltara desde 1948, mas mesmo assim conhecíamos muitas pessoas em comum. Então, como sempre, falou-se em Elliot Magren. É praticamente uma senha — se você conhece Elliot, bem, está por dentro — e é claro que o conde (como eu esperava desde o começo) o conhecia, e trocamos informações sobre ele, contornando com cuidado drogas e meninos, porque a sra. Blaine-Smith, embora conheça todo mundo (e tudo), *jamais* alude a esse tipo de coisa, de modo algum; um grande alívio, depois de todas as abelhas mestras que a gente encontra. Hilda, por exemplo, que se casou com o mais louco desenhista de moda de

Los Angeles, e dá, segundo me dizem, as festas mais regadas, com todos os convidados bêbados, de manhã à noite. (Devo parar de beber tanto: nada *após* o jantar, este é o segredo, sobretudo com meu fígado.) Estávamos discutindo o apartamento de Elliot na Rue du Bac e o maravilhoso Tchelichev pendurado sobre sua cama quando um inglesinho, cujo nome não compreendi, se virou e disse: "Sabia que Elliot Magren morreu na semana passada?" Devo dizer que foi uma notícia estonteante, sentado na biblioteca da sra. Blaine-Smith, tão, tão distante... O conde ficou ainda mais perturbado que eu (poderia ter sido ele um dos admiradores de Elliot?) Não pude deixar de lembrar então aquela terrível época em Deauville, quando Elliot fora preso e eu tivera de pagar fiança por ele e contratar um advogado, tudo em francês! De repente, tudo me voltou numa inundação: aquele verão, o caso com Hilda, e Helen (a propósito, ainda hoje de manhã recebi um cartão de Natal dela, a primeira palavra em anos: um retrato do marido e três medonhas crianças, todos morando em Toledo: creio que ela é feliz). Mas que importante foi aquele verão; estourou a crisálida finalmente que, acho, me preparou para todo o azar depois, quando fracassei no doutorado e tive de ir trabalhar no escritório de Steven... E agora Elliot está morto. Difícil acreditar que alguém que a gente conheceu um dia está de fato morto, não como a guerra, onde as súbitas ausências na lista dos oficiais e praças eram naturais. O inglês contou-nos toda a história. Parece que Elliot foi preso numa batida da polícia contra viciados em drogas em que várias pessoas muito famosas também foram apanhadas. Mandaram-no deixar o país; ele empilhou tudo em dois táxis e foi para a Gare St. Lazare, onde tomou um trem para Roma. Instalou-se num pequeno apartamento na Via Veneto. No último verão, passou por uma série de tratamentos de choque, ministrados por um charlatão que o curou das drogas mas o fez perder a memória no tratamento. Fora isso, ele gozava de boa saúde e parecia tão jovem como sempre, exceto que, por algum motivo, tingiu os cabelos de vermelho — doido demais! Então, na semana passada, combinou de ir à ópera com um amigo. O amigo chegou, a porta estava aberta, mas, dentro, nada de Elliot. O sujeito ficou particularmente aborrecido porque ele muitas vezes não aparecia de modo algum se, a caminho de um encontro, visse por acaso alguém desejável na rua. Lembro-me que ele me disse uma vez que seu maior prazer era seguir um estranho bonito durante horas a fio pelas ruas de uma cidade. Não era tanto a perseguição que lhe interessava quanto a identificação que sentia com o rapaz a quem seguia; tornava-se o outro, imitando seus gestos, seu andar, virava ele próprio jovem, absorto na vida do rapaz. Mas não seguira ninguém nesse dia. O amigo acabou por descobri-lo com o rosto caído no banheiro, morto. Quando se fez a autópsia, descobriu-se que Elliot tinha malformação cardíaca, um caso extremamente raro, e poderia ter morrido de repente em qualquer momento de sua vida. As drogas, os tratamentos de choque e tudo mais não haviam contribuído com nada para a sua morte. Foi enterrado no dia de Natal no cemitério protestante perto de Shelley, em boa companhia até o fim. Devo dizer que não consigo imaginá-lo de cabelos vermelhos. O conde me convidou para jantar com ele amanhã no Colony (!) e eu disse que teria todo o prazer. Então, a sra. Blaine-Smith contou a mais devastadora história sobre a duquesa de Windsor em Palm Beach.

Descobrir sobre as esfinges de Helen Gleason. Ligar para Bob a respeito das chaves do armário do fundo. Devolver o exemplar de Steven de *Valmouth*. Descobrir o nome do conde antes do jantar de amanhã.

1956

AS DAMAS NA BIBLIOTECA

para *Alice Bouverie*

I

Ele raramente via sua prima Sybil, e sempre se sentia pouco à vontade nas ocasiões em que se encontravam, pois ainda representava a família: uma vaga e agora gasta força em processo de dissolução desde os seus tempos de faculdade, uns vinte anos antes, diminuindo não apenas como uma força, mas também como um fato, até hoje só restarem eles dois.

Ela morava em Baltimore e ele em Nova York. Nenhum dos dois se casara, um claro indício de que a natureza abandonara mais uma experiência de eugenia. Em outros tempos ele tentara de vez em quando imaginar-se como pai de inúmeros filhos, em cujas saudáveis veias sua essência se precipitaria no tempo futuro, garantindo-lhe aquela posteridade do sangue que tanto atrai os que por um breve instante veem a eternidade no homem, mas infelizmente nem a imagem literal nem a metafísica jamais se concretizam de fato em sua imaginação, e muito menos na vida; e agora, na meia-idade, supunha que as condições de sua existência de solteirão eram fixas, remoto o perigo de séria mudança.

Também Sybil deixara de casar-se; e embora ainda fizesse algumas íntimas alusões a casamentos e festas de Natal, à caça a ovos de Páscoa e funerais, a todas as amadas atividades da vida familiar, na verdade consignara a maioria das relações humanas a agradáveis lembranças, e dedicara a vida, em vez disso, a cães e gatos, não sendo o seu trato com essas dependentes criaturas diferente do que poderia ter desfrutado com os filhos que jamais teve, ou com a família que morrera. Num certo sentido, claro, era tudo igual: dava festas de Natal para os cachorros e fazia casamentos para os gatos, arranjando seus destinos com a energia de uma matriarca e, certamente, com melhor sorte que a que as matriarcas em geral desfrutam no mundo das pessoas.

"Não temos nada em comum", ele pensou, enquanto a esperava na estação Union, o domo do Capitólio parecendo uma elaborada sobremesa emoldurado na porta. "Jamais nos conheceríamos um ao outro se não fôssemos primos carnais, mas também, para ser exato, não nos *conhecemos* um ao outro agora." Com o indicador molhado, tentou recolar um canto do adesivo enroscado do Hotel Excelsior que ameaçava descolar-se, como haviam feito o do Continental, de Paris, e do El Minzah, de Tânger, deixando sua mala bagunçada com tiras de papel colorido que não formavam desenho algum, absolutamente nenhum.

— Ah, aí está você, Walter. Sinto ter-me atrasado. Mas também, não acho que *estou* atrasada. Vamos, deixe meu carregador pegar sua bagagem; ele é uma joia.

A joia pegou a mala dele, e quando se dirigiam para o trem ela lhe perguntou sobre Nova York. Mas ele não pretendia falar-lhe coisa alguma de Nova York, quando ela, sabia, tinha toda intenção de falar de Baltimore, os cães e os gatos, e depois, mais cedo que mais tarde, falaria da família, da raças de cavalheiros da Virgínia, os Bragnets, que, com exceção de dois, haviam julgado apropriado desaparecer no princípio do século XX, não deixando monumentos além da casa que haviam construído perto de Winchester muitíssimos anos atrás, quando o país era novo e rico, e seus pomares de maçãs ainda eram brotos, sem flores nem frutos nem história. O nome de Bragnet nos lábios dela era sempre estranho e maravilhoso, como se ela entoasse como uma sacerdotisa o nome secreto de uma divindade, um nome que podia derrubar árvores, quebrar pedras, separar amantes, fazer gêmeos nascerem agarrados, talhar creme e, o melhor de tudo, recriar a casa de sua lembrança comum com as graciosas figuras, havia muito, mortas dos Bragnets que agora jaziam no pó do cemitério episcopal em Winchester.

Mas Sybil não era ela mesma nesse dia, pois, mesmo depois de tomarem seus assentos no trem e terem arrumado as malas nos bagageiros acima, não pronunciou o nome mágico. Queria deliberadamente confundi-lo, julgou ele irritado, e a única forma de retaliar era não perguntar nada, fingir que não fazia diferença para ele estar, pela primeira vez em vinte anos, retornando a Winchester, a inescrutável pedido dela.

— Eu andei muito ocupada em Washington esta semana — disse Sybil. — Tivemos vários encontros criativos da Dog Society... ah, eu sei o que você acha do nosso trabalho. Já desisti de tentar convertê-lo.

Deu uma risada gostosa; era loura, de um tom acinzentado, desarrumada e tão velha, ele lembrava, quanto o esplêndido século deles, mas ao contrário do século não tinha nenhuma cicatriz. Sybil pertencia a uma época inteiramente diferente, a um mundo de serena vida rural, onde os cachorros eram cuidados e os cavalos eram montados, onde homens e mulheres permaneciam casados, apesar de todas as suas diferenças: uma era lendária em que a emoção fora contida astutamente por uma maneira formal que, por sua vez, só podia florescer em grandes casas, em salões de pé-direito alto com portas imensas e latão polido. Sybil pertencia a esse mundo em espírito, senão de fato, e embora vivesse numa casa muito pequena em Baltimore, todo o seu ser sugeria vastos gramados e jardins ordenados: árvores esculpidas, podadas e severas, emudecendo o brilho das rosas: jardins formais em campo selvagem e não mapeado.

— Eu nunca soube que você conhecia a srta. Mortimer — ele disse por fim, prevenindo um relatório completo sobre a saúde e aventuras de seus amigos animais em Baltimore.

— Ah, eu a conheço há anos. Na verdade, eu estava em casa no dia em que sua mãe decidiu vendê-la a ela, e sempre fiz questão de manter contato, por causa da casa.

Nesse ponto, Walter inclinava-se a reminiscências sobre a casa (a maioria das conversas, ao que lhe parecia, não passava de monólogos concorrentes: uma condição que ele aceitava como humana e natural, parte da estranheza universal), mas Sybil embarcara decididamente na srta. Mortimer.

— Uma mulher dulcíssima. Você vai adorá-la, embora as pessoas nem sempre a adorem, pelo menos a princípio. Não sei o porquê. Talvez porque *pareça* triste, e claro que a gente nunca sabe o *que* ela vai dizer ou fazer. Não quero dizer que seja excêntrica: não é uma dessas mulheres que fazem qualquer coisa por um efeito. Não, é muito séria, e tem seu próprio círculo em Washington. A família Parker é especialmente íntima dela. Você se lembra das meninas, não se lembra? As três irmãs? Estão todas casadas e moram em Washington. Não é admirável, manterem-se tão juntas? Não, eu sou realmente devotada a ela. E lhe contei tanta coisa sobre você. Ora, ela até leu um dos seus livros. Seja como for, nós duas decidimos que após todos esses anos era hora de vocês dois se reunirem.

"Agora saíra", ele pensou. Sybil estava tentando fazer um casamento, sem dúvida para devolver a Casa Bragnet à família. Era de uma clareza infantil: se ele se casasse com a srta. Mortimer e fosse morar em Bragnet, Sybil teria de novo uma grande casa para manter seus cachorros e gatos. Ele a olhou desconfiado, mas ela tornara a mudar de assunto: perguntou-lhe sobre a vida em Nova York, quis saber delicadamente se ele havia escrito alguma coisa nova.

— Estou sempre trabalhando.

Detestava ser perguntado sobre o que andava fazendo, porque era muito grande a tentação de responder extensamente. Em poucas palavras, contou-lhe seus planos para a temporada. E depois, a pedido, citou os amigos comuns, um por um; se ela gostava deles, ele sutilmente os mostrava sob a pior luz possível, e se não gostava, ele na mesma hora descobria falhas inesperadas em seus caráteres. Nenhum dos dois levou muito a sério o ritual dessa conversa; não se achavam nem na metade quando, como o súbito dobrar de um sino, Sybil finalmente pronunciou o nome de Bragnet.

— Nós somos os últimos — ela disse, com um rico orgulho melancólico. — Nós dois. Estranho como uma família se acaba. Havia tantos Bragnets cinquenta anos atrás e agora há apenas dois e... a casa.

— Que não é mais nossa.

— Sua mãe nunca deveria tê-la vendido. Nunca.

— Era grande demais para nós. — E então, antes que Sybil pudesse embarcar nessa conversa, ele perguntou se haveria outros hóspedes no final de semana.

— Só o sobrinho dela. Dizem que ele é bem inteligente. Ele ainda está na escola. Imagino que ele vá herdar a casa. — Ela fez uma pausa, e Walter percebeu que ela estava inquieta, diferente do normal.

— Você vai gostar dela — acrescentou, sem muito nexo. — Eu sei que vai.

— Por que *não* gostaria?

— Bem, nossos amigos nem sempre gostam um do outro, gostam? E ela *é* um pouco difícil de conhecer... meio intimidante a princípio; mas isso é apenas por ser muito reservada.

— Prometo não ficar aterrorizado.

— Sei que não vai.

Nessa tônica, a conversa morreu e eles examinaram por muito tempo o campo verde além dos postes telefônicos que passavam rápidos com a regularidade de um pentâmetro numa tragédia em verso branco.

II

Até onde a vista alcançava para o sul, as macieiras cresciam em fileiras ordenadas sobre a terra ondulante, as folhas reluzindo, verdes e novas, e as frutas também verdes, ainda não maduras. Entre os pomares, numa colina a 1,5 quilômetro da rodovia asfaltada, erguia-se a casa cercada de gramados onde Walter Bragnet nascera e sua família vivera por tantas gerações, numa longa estação de conforto, intocada pelas guerras, enriquecida por seus pomares e sustentada de século em século por uma altiva sanidade inspirada, afirmava a prima Sybil, pela casa de tijolos cor-de-rosa com sua colunata de revivescência grega, última expressão tangível da família Bragnet agora reduzida aos dois viajantes que, com malas de fim de semana, foram depositados por um táxi diante das portas do antigo lar.

Quando tocaram a campainha da porta, ele imaginava o que devia sentir, ou, mais importante, o que *estava* sentindo, mas como sempre não pôde determinar. Teria de esperar até poder lembrar em segurança aquela cena da memória; só no futuro poderia descobrir o que sentira, se sentira alguma coisa; existia apenas nas lembranças, uma peculiaridade de considerável valor para ele como escritor, embora desastrosa em sua vida, pois nenhum acontecimento podia tocá-lo enquanto não estivesse seguramente no passado, até que, sozinho à noite na cama, sentisse numa inundação tudo que não pudera sentir no momento certo; então se retorceria, sabendo que era tarde demais para agir.

A porta se abriu, e foram recebidos por um homem negro de paletó branco, conhecido de Sybil. Perguntaram-se solicitamente como iam, enquanto Walter os seguia pela conhecida escada acima. Os aposentos estavam carregados com o mesmo odor de linho mofado, rosas e fumaça de lenha que ele lembrava da infância. Nas paredes do corredor do segundo andar pendia a mesma galeria de gravuras de Gillray que o avô trouxera da Inglaterra; e, finalmente, o quarto no qual o introduziram era aquele em que vivera por quase 18 anos. Ele lançou um olhar penetrante a Sybil, desconfiando de que ela montara tudo aquilo; mas a prima apenas o olhou suavemente e observou:

— Esse era o seu quarto, não era?

Ele fez que sim com a cabeça e seguiu o criado para dentro do seu velho quarto: uma cama de quatro colunas, de madeira clara arranhada e sem baldaquino, uma lareira com fênixes de latão para segurar as toras, e, muito surpreendentemente, seus livros ainda nas estantes, onde ele os deixara no dia em que fora para a faculdade. Sempre presumira que, quando a mãe vendesse a casa, os daria: obviamente não o fizera, e ali estavam eles: os livros de Oz, *As Mil e uma Noites*, mitologia grega...

Sybil se foi e ele se vestiu para o jantar; depois andou pelo quarto, tocando os livros, mas sem tirá-los do lugar, repelindo com certo prazer qualquer força que insistia em que os olhasse, se envolvesse ainda mais na obscura trama de Sybil.

— Se ela acha que vou tentar comprar a casa de volta, está muito enganada — murmurou para sua imagem no espelho acima da cômoda.

Notou que tinha o rosto corado, como se tivesse bebido. Era o calor, concluiu, quando Sybil bateu em sua porta, e, antes que ele pudesse responder, entrou bruscamente no quarto, simples e deselegante em gaze cinzenta e usando diamantes amarelos.

— Pensei em descermos juntos, já que você não a conhece.

— Juntos, por favor — ele disse jovialmente, e juntos desceram a escada, andando com todo decoro, com muito tato entre fantasmas.

Na sala de visitas, a srta. Mortimer veio ao encontro deles, e Walter sentiu um inexplicável pânico; felizmente, Sybil começou a falar.

— Bem, aqui está ele! — disse, abraçando a anfitriã. — Eu prometi trazê-lo, não prometi?

— E agora ele está aqui — disse a srta. Mortimer com um sorriso: a voz era baixa e ele descobriu que tinha de ficar muitíssimo atento se quisesses ouvir o que ela dizia, e queria ouvir, muito. Ela o tomou pela mão e puxou-o para o sofá. — Você não faz ideia de como estou feliz por finalmente vê-lo. Sybil fala muito de você. Pedi a ela muitas vezes para trazê-lo aqui, mas você nunca veio. — Sentaram-se, lado a lado.

— Tenho andado ocupado — disse Walter, corando. Fez uma pausa e repetiu: — Tenho andado bastante ocupado.

Olhou para Sybil, misteriosamente impotente; ela deu-lhe inteligente socorro, com sua abundância de fofocas, lançando uma isca para a srta. Mortimer:

— Onde está aquele seu sobrinho? Onde está Stephen?

E a srta. Mortimer contou-lhes que o sobrinho ia chegar dali a pouco, que estivera cavalgando o dia todo: acabara de chegar em casa.

— Receio que algumas vezes mal o compreendo — sorriu para Walter.

— Ele é tão difícil assim? — Walter acostumava-se mais com ela, com a situação.

Era bonita, com traços regulares, cabelos e olhos escuros, só tinha a boca feia, fina e intimidante. Era alta e se sentava muito empertigada ao lado dele, as mãos brancas cruzadas no colo.

— Não, difícil, não; só estranho para mim. Outras pessoas ficam encantadas com ele. Espero que esteja passando por uma fase, e é claro que quando ficar mais velho terei mais em comum com ele. No momento, é quase enérgico demais. Cavalga, escreve poesias...

Walter imaginou se iam lhe pedir que lesse os poemas do rapaz, que o aconselhasse a não seguir a carreira das letras. Começou a ensaiar em pensamento o discurso padrão sobre as vicissitudes da vida literária.

— Sim, sr. Bragnet, ele está *naquele* estágio. Tem até uma namorada, uma moça de Winchester com quem se encontra toda noite.

Walter olhou-a com interesse, imaginando por que ela quereria discutir o sobrinho com tantos detalhes. Havia alguma coisa muito pouco virginiana naquela falta de reticência, e ele gostou um pouco mais dela por isso.

O sobrinho entrou na sala tão discretamente que Walter não percebeu sua presença, senão quando viu pela expressão da srta. Mortimer que havia alguém às suas costas. Voltou-se e então, quando o garoto se aproximou, levantou-se e apertou-lhe a mão. A srta. Mortimer fez as apresentações; então Stephen se sentou numa cadeira entre Sybil e ele, fechando o semicírculo diante da lareira vazia. Sybil fez-lhe inúmeras perguntas, e Walter não ouviu nem as perguntas nem as respostas. O rapaz era incomumente bonito, com cabelos louros e pele morena de sol, o rosto ainda não endurecido pelo grão da barba. Walter lembrou-se de si mesmo naquela mesma idade,

morando naquela casa, voltando na época das férias...
Olhou de repente para a srta. Mortimer, que o observava; ela balançou gravemente a cabeça, como se houvesse adivinhado seu estado de espírito e agora quisesse consolá-lo mais com a verdade que com a piedade; *ela* sabia como era ótimo ser jovem, naquela casa. Ele imaginou se gostava mais dela por haver entendido.

Stephen falava:

— Cavalguei até a casa dos Parkers esta tarde...

— Emily cavalgou com você? — perguntou a srta. Mortimer.

Walter sabia que Emily devia ser a amada do verão, tradicional figura de luz verde e amarela.

— Não, não cavalgou — disse o rapaz simplesmente, olhando a tia com frios olhos hostis. — Fui sozinho e vi a velha sra. Parker, que me mandou dizer que as meninas virão almoçar aqui amanhã.

— Fico feliz — disse Sybil. — Não as vejo há anos. Lembra-se delas, Walter?

— Certamente!

Lembrava-se das três irmãs: Claudia, Alice e... Laura? Mas dificilmente seriam meninas agora, pensou. Seriam estranhas de meia-idade, inquisitivas, chatas. Nervoso, trocou de posição, mais de frente para Stephen, de costas para a srta. Mortimer. Enquanto Sybil lembrava com admiração e prazer que todas as moças haviam conseguido casar-se com homens de Winchester, Stephen sentava-se empertigado e polido, os dedos morenos entrelaçados, os olhos na tia. Walter imaginava por que eles antipatizavam um com outro tão abertamente. Era-lhe óbvio que pouca simpatia podia haver entre duas pessoas tão distintas; mas aquela guerra aberta parecia inapropriada, em vista da essencial casualidade de sua relação.

— Espero que mostre ao sr. Bragnet alguns dos seus poemas, Stephen. Ele é escritor, você sabe.

— É, eu sei — disse Stephen, sorrindo, e Walter gelou, sabendo que não era mais admirado, que sua voga terminara muitos anos atrás, e que outros escritores agora chamavam a atenção dos jovens e sérios.

— Eu gostaria de vê-los — disse Walter, quase insinceramente, encantado com o visível conforto do rapaz, a vitalidade; e admirou ainda mais Stephen quando, com implacável graça, ele se voltou para a srta. Mortimer e disse: — Jamais os mostro a ninguém. — Voltou-se rapidamente para Walter. — Quer dizer, não gosto que as pessoas os leiam, porque não são muito bons e porque são privados. Sabe do que estou falando, não sabe?

— Na verdade, sei — começou Walter.

— A propósito — interrompeu a srta. Mortimer —, por que não convida Emily a vir almoçar aqui amanhã? Sabe que eu quero conhecê-la. Seria divertido.

— Seria, sim — disse Stephen, cortando cerce esse movimento de flanco. — Sei que ela gostaria... mas amanhã não vai poder. Ela quer tanto conhecer *você* — acrescentou, com um sorriso.

— Bem, fica para outra vez.

E a srta. Mortimer, serenamente, aceitou o xeque-mate.

— Meu bom Stephen, você não é jovem demais para ter namorada? — perguntou Sybil, com aquele desajeitado tom provocativo que muitas vezes usava com os cães maiores.

Walter imaginou se haveria alguma maneira de aliar-se a Stephen contra as duas mulheres. Mas sua ajuda não era necessária. Stephen riu e disse:

— Não, acho que não sou, não.

Então a srta. Mortimer os levou para a sala de jantar, onde pinturas dos Bragnets coloniais ainda pendiam nas paredes, ricas com a luz de velas.

— Nós *temos* de tirar os retratos da família de perto de você — disse Sybil.

III

No dia seguinte, o almoço foi jantar, e, embora elaborado demais, pesado demais para um dia quente, Walter comeu avidamente. Passara a noite inquieto na cama da infância, e agora estava cansado, exausto pela falta de sono. As irmãs Parker eram mais uma chateação. Irritaram-no irracionalmente. Agora, na meia-idade, eram decididamente alegres e de uma confiança pavorosa. Após a refeição, ainda tagarelando, sentaram-se juntas na biblioteca. "Como juízes", pensou Walter, afrouxando o cinto, sentindo-se enjoado. Imaginava se devia ir ao quarto buscar pílulas (tomava muitas pílulas; o coração murmurava), quando a srta. Mortimer se voltou para ele, e conversaram íntima e extensamente sobre sonhos, sobre um em particular que ele tivera na noite passada (vira-se num mar negro, afogando-se).

A srta. Mortimer parecia jovial nesse dia, até mesmo desejável, e ele se perguntava como pudera ter uma tão desagradável primeira impressão dela. Durante o almoço ela falara dos livros dele, e muito antes de servirem o indigesto pudim ele compreendeu que ela era não apenas inteligente, mas fantasticamente sensível a humores, sabendo quando lisonjear e quando censurar. Não se sentia tão à vontade com uma pessoa havia anos. Ela chegou a adivinhar seu desconforto físico, pois, de repente, sugeriu juntar-se a eles dali a pouco. Os dois se desculparam, e as irmãs Parker, agora ocupadas com seu tricô e seus julgamentos, não pareceram nem um pouco aborrecidas, tão perfeitamente à vontade estavam, tão acostumadas à companhia uma da outra. Até Sybil desertou para ir ver os velhos estábulos.

O sol estava quente, a luz não difundida pelas nuvens; por um instante, Walter ficou parado na sacada, tonto e cego. Então Stephen lhe falou:

— Você fugiu.

— É. — O mundo entrou em ordem e ele viu a grama verde à sua frente, curvando-se em direção aos pomares. — Fugi.

Stephen juntou duas cadeiras de jardim e sentaram-se. Walter estava assustado por descobrir que não se sentia melhor; o sol poderia fazer-lhe mal. O coração batia irregularmente. O pulso flutuava.

— Você morou nesta casa, não morou?

Walter fez que sim com a cabeça.

— Tinha mais ou menos a sua idade quando fui para a faculdade. Enquanto estava fora, minha mãe vendeu a casa e nos mudamos para Washington.

— Gostou de morar aqui?

— Muito, muito; você não?

— Ah, eu gosto da casa em si — disse o rapaz, devagar. — Gosto de cavalgar...

— Mas não gosta de sua tia.

Walter sentia-se de repente demasiado cansado e enjoado para manter-se na periferia; era mais fácil ir logo ao centro.

— Não, não gosto dela, jamais gostei. — Stephen sorriu. — Ela diz que vou entendê-la melhor quando ficar mais velho.

— Talvez entenda.

Calaram-se os dois. Nenhum quis prosseguir com esse diálogo indiscreto, não cavalheiresco.

Stephen brincava distraidamente com uma grande formiga de asas. Walter via a formiga subir no polegar do rapaz, só para ser empurrada de volta e recomeçar de novo a laboriosa subida. Pequenas gotas de suor brilhavam na testa de Stephen, e o cabelo reluzia ao sol. Finalmente a formiga escapou.

— Vou dar um passeio. Quer vir comigo?

— Não, é melhor eu ficar aqui.

Walter queria ir, mas não se atrevia; com um pesar súbito e inexplicável, viu o rapaz atravessar o gramado. Só quando ele desapareceu foi que fechou os olhos e descansou. O murmurante verão o segurava. O cheiro forte e agradável de grama recém-cortada; o coaxar das rãs num poço distante. Já ia quase adormecendo quando ouviu vozes: as damas da biblioteca o discutiam. Ele sabia que devia levantar-se e afastar-se, mas não se mexeu.

— Ele nunca se casou. Eu imagino por quê.

Walter não podia identificar nenhuma das vozes.

— Não é do tipo.

— Eu detesto quando eles não têm filhos. Ah, eu sei que é sentimental...

— Bem, ele não os tem, e é isso aí, e nós temos nosso trabalho a fazer. Ele se divertiu.

— Eu diria que sim, e ficou de fora de todas as nossas guerras. Como conseguiu isso?

— Problema no coração.

— Eu desconfio de que *essa* é a nossa pista.

— Ele ainda escreve?

— Não, parece que desistiu.

— Aos 51 anos, é um tanto cedo. Talvez se ele fosse um pouco mais velho, mesmo sessenta...

— Não! *Tem* de ser agora!

Baixaram a voz e falaram de tricô — uma delas encontrara um nó num fio; também falaram de acidentes e doenças, e ele prestou menos atenção, abalado pelo que ouvira, imaginando se não estaria sonhando: como podiam aquelas mulheres saber tanto de sua vida, tantas coisas que nem seus amigos mais íntimos sabiam?

— ...atropelada por um táxi na frente da estação Union.

— Ou, isso, não, *isso*, não!

— Tétano? Arranhão? Febre...?

— Não combina com a personalidade. *Tem* tempo, você sabe: não há motivo para se agarrar em palha.

— O coração, eu acho... *de novo*.

— E por que não? Por que conceber um plano elaborado quando o processo está tão claramente indicado? Não há razão para ser bizarro.

— Muito bem: o coração... Mas quando? A sra. Mortimer está inquieta.

— Amanhã, no trem, quando ele erguer a mala para pôr no bagageiro...?

— Não, não, nem mais um dia. Quer dizer, veja... já chegou ao fim. Além disso, a srta. Mortimer já está lá fora na sacada, esperando por nós, pobre anjo.

— Receio não poder desatar este nó.

— Então use a tesoura. Tome.

Ele já não podia nem se mexer nem falar. Tinha consciência de um enorme aperto no peito. Enquanto arquejava por ar, quase cego pelo sol, a srta. Mortimer apareceu-lhe por sobre a borda do mundo que recuava, e ele viu que ela sorria, uma flor de verão nos cabelos faiscantes, uma conhecida escuridão nos belos olhos.

1950

Este livro foi impresso nas oficinas da
DISTRIBUIDORA RECORD DE SERVIÇOS DE IMPRESSA S.A.
Rua Argentina, 171 – Rio de Janeiro, RJ
para a EDITORA JOSÉ OLYMPIO LTDA.
em junho de 2009

*

77º aniversário desta Casa de livros, fundada em 29.11.1931